海男
Hai Nan

海男，作家，诗人，画家。毕业于鲁迅文学院·北京师范大学文艺理论研究生班。著有跨文本写作集、长篇小说集、散文集、诗歌集 90 多部。有多部作品被翻译成册。获刘丽安诗歌奖、中国新时期十大女诗人殊荣奖、中国女性文学奖、第六届鲁迅文学奖（诗歌奖）等。

我与世态的亲密

海男
Hai Nan
著

黄河出版传媒集团
阳　光　出　版　社

图书在版编目（CIP）数据

我与世态的亲密 / 海男著. -- 银川 :阳光出版社,
2021.6
（我们的时代 / 唐晴，谢瑞主编）
ISBN 978-7-5525-5986-6

Ⅰ. ①我… Ⅱ. ①海… Ⅲ. ①散文 – 中国 – 当代
Ⅳ. ①I267

中国版本图书馆CIP数据核字(2021)第120072号

我们的时代　我与世态的亲密　　海男　著

责任编辑　李媛媛　丁丽萍
封面设计　赵　倩
责任印制　岳建宁

黄河出版传媒集团
阳光出版社　出版发行

出 版 人　薛文斌
地　　址　宁夏银川市北京东路139号出版大厦（750001）
网　　址　http：//www.ygchbs.com
网上书店　http：//shop129132959.taobao.com
电子信箱　yangguangchubanshe@163.com
邮购电话　0951-5014139
经　　销　全国新华书店
印刷装订　山东新华印务有限公司
印刷委托书号　（宁）0022079

开　　本　880 mm × 1230 mm　1/32
印　　张　8.125
字　　数　200千字
版　　次　2021年6月第1版
印　　次　2021年12月第1次印刷
书　　号　ISBN 978-7-5525-5986-6
定　　价　56.00元

目录

渊源 / 001

荒野之恋 / 018

小镇时光 / 036

青春 / 051

出发 / 068

途中 / 086

拥抱 / 103

回家 / 121

外面的人生 / 140

男人 / 158

向日葵 / 176

世界那多元的变 / 188

仪式 / 205

自由何其珍贵 / 222

盗书梦 / 239

渊源

当你未看见我时，我正在母亲的子宫中成长。写下这篇文章的开头之前，已经有了这个题目《我与世态的亲密》，本来只是计划写九千字左右的文章，突然就想写成一本书。写书，一直是我从青春时代就有的梦想。写书，从来就是需要冲动的，没有热血迷离的文字，无法造就一本书中的瓦砾，还有青麦的涩味涌到嘴角时的魅惑，除此之外，还有荆棘的锋芒，玫瑰色系口红的颜色。是的，我已开始写这本书了，仿佛是我最近非常迷恋的一个词：帷幕。还有一句话：内陆中上升的。其实，在它们之间，相隔的是无限的距离，正是伟大的距离造就了我们的秘密。

在我看见那条著名的江流之前，我就住在母亲的子宫深处。你，当然看不见我，或许你们也正安住在世界其他的子宫中，先是成为微小的胚胎，后来，就成为了生命。在成为生命之前，我或许只是一滴水。所以，请珍爱你生命中遇到的每一滴水，尤其是当你在茫茫无际沙漠中行走时，一滴水有可能拯救你的生命。

在我还是一滴水的时候，我能感受到母亲的爱情，她是一个美丽的女子，从地理版图中的另一边，果断地拎着一只棕色的皮箱，前来寻找二十世纪五十年代末期的一场爱情。从众多的老照片去看母亲，她穿着列宁装，那应该是从苏联传过来的服装，哪怕在今天看上去都非常时尚。母亲是从滇越铁路的草坝镇乘小火车到昆明的，之前，她就与我的父亲相爱了。

父亲绝对是那个时代的美男子，我无法想象他长得是如何的俊美。很多年前，当我开始写作时，已经知道家里保存的两本相册的价值。在家里人还没有重视那两本相册时，我已经将它们连同我的书籍装在箱子里，仿佛每时每刻都可以跟随我去世界的尽头旅行。正是在那两本相册中，我发现了我母亲和我父亲的爱情生活以及将通向婚姻的证据。最为重要的是抱着两本相册，长久的沉浸在他们青春时代的容貌、服饰、爱情的故事里。

人类的故事都有渊源，我是通向这渊源的一滴水。它使我来到了母亲的子宫，我在里面经历由幼小的胚胎幻变成生命的过程，使我感受到了没有出子宫之前的沉睡。那时候，我还没有睁开眼睛，不过，在我睁开眼睛之前，我因感受到了子宫之外的山谷岩石从而长出了幼小的骨骼；我因感受到了子宫之外的细水长流从而在身体中密绕出了纤细的血管；我因感受到了子宫之外看不到尽头的世界，从而长出了手脚……

有因既有果，在我滑出母亲的子宫之前，我时时刻刻感觉因为我生命的渐次长大，母亲的身体越来越显笨重。当她的脚承载着隆起的母腹时，我的身体便游移子宫门口，哇啊，我仿佛开始有了听力和眼力。人，只有通过这两种魔力才能与世界结缘。

母亲用身体载着子宫中的我，她依然劳动着。因为身体沉重，已越来越接近分娩期，她只能做一些轻松的活计。她会载着我到附近的村庄中去看桑树，母亲是农艺师，所以，她工作的地点从一开始就离不开大地。当我最初以一滴水进入母亲子宫时，她正在村庄的养蚕房中侍候春蚕。

几十只筛子里有数不尽的蚕宝宝正伏在绿色的桑叶上，尽管看不见蚕宝宝的嘴巴，如果细看，你就会发现每一片桑叶都有被蚕宝宝用牙齿咬过的痕迹；如果细看，偌大的一片片桑叶消失了，白色的蚕宝宝们就是依靠这些桑叶成长的。

母亲经历了九个多月的孕期，终于感受到我的头已经来到了子宫门口。而之前，我的身体裹在胎衣中在母亲的子宫内循环，这是我来到世间之前的第一次漫游。其实，母亲的子宫中有外面世界的很多场景，在不大的柔软的子宫里，竟然有我呼吸的氧气，还有让我能喝到的水，有时候竟然会触碰到宫顶，外面就是云图了吗？

要游离出母亲的子宫门是需要勇气和力量的。我要控制好自己的情绪，多年以后，我才知道什么是情绪，我们的所有生活和命运都来自对情绪的管理，你如果能智慧的管理好情绪，就能寻找到你人生的起点和归宿。但只有很少的人能将自己的情绪管理好，就像牧羊人管理好了敞开的牧场，也同样能将群羊召唤进栅栏。

母亲已经感受到了腹部的剧烈阵痛，这是分娩之前的感应，当她子宫接纳我之前，定然已经做好了承受分娩的疼痛。这是人类历史中的疼痛之一。但是宏大的历史书往往会忽略来自一个女人兼母亲分娩孩子的疼痛。作为迎接母亲子宫门的我，已在里面生活了九个多月，我向往着外面的世界。

这一刻终于来临，我用力地将头抵达子宫门的出口，那是一个细小的洞穴，我的头感受到了血肉，它们可以收缩自如的推动我的小身体，我同样能感受到母亲的用力，她的盆骨隆起又放下，能听到她没有能全部忍受住的呻吟……我就这样来到了人世，接生婆的手托起了我的身体。

接生婆是另一个女人，因为来不及送母亲去她所工作的小镇医院，只能将接生婆请到家里。那是黎明前夕，但曙色尚未到来。镇里的接生婆乘着最后的黑暗赶到了我们居住的庭院，我似乎将头抵达子宫门前夕就已经听到了她匆匆赶来的脚步声。

她脚穿一双白底布料的绣花鞋……这大约是我看见的来自人世间的第一双鞋子。鞋面上有用各种艳丽丝线绣出的花朵……

世界真是奇妙啊！人们竟然在鞋面上也能让花朵绽放，这可能是生命向往美的创造罢了。不过，只有女人会将花朵绣在鞋面上。接生婆是穿过小镇的古巷道走过来的，她脚下是一条铺满青石板的小路。母亲大约是早就认识镇里的接生婆，也可能是她害怕去医院，事先就跟接生婆预约了时间。

对于生育母亲是有经验的，因为我是她的第二个孩子。在之前，她已经生下了一个男孩，我排行老二……那些年，只要怀上的孩子都可以出生。所以，当我的头抵达母亲的子宫门时，我似乎已经穿过包裹我身体的胎衣，听到了接生婆脚穿绣花鞋匆匆赶来的速度。

她的两只鞋一前一后，反复交叉，已经形成了固定的规律，前脚提起来，后脚就落下去了。接生婆好像是拨开门帘走了进来，她进来的时间刚好是我的头部力量与母亲盆骨所产生的力量牵引上的时辰，就这样，接生婆站在床边鼓励母亲再用力。于是，我的头滑出了子宫门。空气中弥漫着浓郁的血腥味，这是我和母亲身体散发出的味道。

接生婆已经用手托住了我的身体，父亲进门了，他已经按照接生婆的叮嘱端来了一盆温水……接下来，我的嗓子似乎有什么东西在推动着。于是，我张开嘴发生了生命的第一声——婴儿的啼哭声，接生婆告诉母亲生的是一个女孩子。性别从那一刻已经显形露相，最为真实的我，以赤条条的小肉身被一块曾包过小哥哥的襁褓裹住。

身体总是要掩盖住的，除了冷热之外，我们的性别从婴儿时代就已经产生了遮掩感。人之生命，当他们是完全赤裸的，就失去了秘密。我的小肉身藏在了柔软的襁褓里。哦，我差点忘记了接生婆动用剪刀的时候，随同我的啼哭声此起彼伏，像潮水漫过我的身体。刹那间，我在黯淡的光线中看见接生婆从另一个人的手中接过了一把充满铁器味的剪刀。

多年以前，有经验的妇女告诉我，婴儿刚出母体时是没有痛感的。所以，当接生婆的手指夹住那把满是铁锈味的剪刀时，我似乎听见了咔嚓声，接生婆便剪断了连接我肚脐眼的那根脐带，但很奇妙，我那此起彼伏的哭声突然间就停止了。也可能说，只有剪断了脐带，我才算真正的脱离了母体，来到了人间。

人间很寂寞，尤其是在我所出生的二十世纪六十年代初期。自我出生以后就睡在一间寂寞的房里，我很少看见母亲，因为作为农艺师的她总是朝出晚归，而我的父亲所工作的地方就更远了，对于我来说，相册中的那个英俊男人永远生活在远方。在寂寞的小房间里，我的小腿用力蹭着小床上的东西，直到我开始翻身而起，就这样，我从小床上摔到了地上。

哇的一声透彻心骨的痛，使我用力大哭……只有这个年龄，可以放肆地哭，自由地哭，痛快地哭。哭也是艺术，到了将来，哭泣的权利似乎就会消失。人生能畅快痛哭的权利实在太短暂了，将来的某一天，泪水将在眼眶中慢慢地干枯。

为什么将来的某一天，泪水将从我的眼眶中干枯呢？因为鲜花在盛放之后会萎谢，泪水也自然会干枯，这是一个非常简单的道理。然而，在我摔下床以后，我有了另外一种变化，身体可以往前爬行了。你们知道的，婴儿过了某一段发育成长，手或脚就开始向前伸展，于是，爬行开始了。而我竟然爬过门槛，爬过了台阶，直接爬到了庭院中的两棵紫薇树下。

我那两棵亲爱的紫薇树正向我微笑着……这是来自花容月貌所绽放的微笑……我完全被半空中两棵撑开了枝干的紫薇树迷住了，当我爬向了落在地上的那些粉红色的花瓣时，母亲终于回来了，看见我头上摔了一个大包，她很是心疼。不过，让她感到惊叹不已的是我竟然从屋子里爬了出来。

是的，我竟然爬了出来，这真是一个奇观，属于我自己的奇观。会爬了，当然也会站起来，这就是姿势，它使我突然有那么一天终于站了起来。站立，意味身体的平稳，从这一刻开始，我成为了一个直立身体的人，就像两棵互相对峙抚慰的紫薇树一样直立着身躯。我有了与树平等对视的目光。

从站立的姿势看出去，我依然看见了一只二十世纪六十年代的小狗，它正站在不远处的墙角晒太阳，那是冬天的太阳。是的，它的皮毛看上去很温暖，皮毛下的身体也同样很温暖。而我也同样站在一束阳光下面伸展着双臂，想往前移动身心。光束照耀，我发现光在引导我，诱引我往前走去。终于，我的右脚向前移动了半步。

尺度或尺码，这些东西就是从我向前移动的分寸中开始的。

所以，我们成长中的身体无疑也是一座学校，它给予我们形态、动感，从而让我们去掌握身体的均衡度。我的身体前后左右晃动，仿佛有人在前面召唤我，抬头一看，是母亲，她半弯着身体站在几米外用手召唤我说：“宝贝，勇敢地往前走！”

母亲的声音我能听懂，从这一刻开始，我想，我们已经在接受召唤了。简言之，在接受召唤的时辰，也是我们接受语言的时代已经降临了。能够向前走，也就能跑起来。我们生活的方寸土地，都是我们的训练场地，也是我们的幼儿乐园。抱歉，我无法述说进一座幼儿乐园的场景，因为对于我来说，生活在一座小镇上，根本就没有看见过幼儿园。

满世界都是昆虫，它们在天上飞、地上爬、水上漂，在树丫里藏身避开了风雨雷电。有些昆虫会来到我手上，会钻进脖颈发丝中去。我渐渐地爱上了这些小昆虫，它们有的身体很柔软，有的身体很坚硬，在很长的一段时光中，它们陪伴我度过了幼儿时光，我虽然没有上过幼儿园，不过，我的幼儿时代非常生动。

观察昆虫，时间过得非常快，我最爱的是从蛹突然就变成一只蝴蝶的昆虫。在一片山坡上，我先是看见一只蛹，它在树叶上慢慢地蜕变，我看见它的小身体就像一颗花生米那样大，它在挣扎，为了冲破蛹衣。哇，成功，它就像我当年一样，越过了母亲的子宫门，终于独立的来面对世界了。

蝴蝶，在很长时光里，几乎成为了我全部的世界，所以，很多年以后我写下了长篇小说《蝴蝶是怎样变成标本的》。一切事物生命都有因与果，它们在某处产生的连接点，看上去似乎是微不足道的，却已经埋下了根须，地球为何辽阔？大概就是因为给了每一个生命埋下根须的秘密地址。那一年，无数只斑斓多姿的蝴蝶，飞过了我的视线，我的身体在滇西的山冈追赶着蝴蝶。母亲的桑园中同样也飞来了蝴蝶，一个农夫告诉我，蝴蝶在世间只能活十五天，我顿然垂下了眼帘，一个幼儿对于生命的理解本就是朦胧的，这个年龄的孩子们当然看不到生与死的限数。

那一年，一辆很大的卡车，或许是东风牌的大卡车停留在县城外，父母亲带着我们上了货车，我和小哥哥裹挟在卡车车厢拥挤不堪的人群中。一个新词出现了，它被称为五七干校，这应该是二十世纪六十年代末期。好像这是我生命中第一次乘车，在母亲种植的桑园养蚕的小镇或乡村，我曾乘过牛车，它是我记忆中最为缓慢的速度。当我的小生命蜷缩在牛车的木车厢时，我看到弯曲的乡间土路，牛车通向村庄，途经处有清澈的池塘，耳边回响着农耕时代各种农具互相碰撞的声音。

放眼处，一个农夫正赶着水牛在犁田，阳光洒落在犁头上的锃亮是我此生保存的最为明亮的一种记忆。放眼处，豌豆荚仿佛就要被云彩载走了，几个头上戴着方格围巾的妇女谈笑风生，在摘豌豆。放眼处，我看不到任何一条高速公路，当然也看不到互联网。

在拥挤的卡车车厢，我嗅到了浓郁的汽油味，味觉突然感到不适，看来，这味道是我不需要的，再加上卡车正沿着山峦盘旋在各种凹凸不平的公路上，我猛地一阵恶心开始呕吐。那也是我一生中最强烈的一次呕吐。随后，我感觉到母亲将我拉进了她怀中，尽管如此，我意识依然清楚，感觉到大卡车就是在逾越我们看不见的那个世界，之后，我还看见很多人都在呕吐。之后，黄昏色过来了，我们好像已经抵达了目的地，父亲将我抱下了卡车。

就在我双脚落在沙砾中时，我看见了那条著名的江流，它的名字叫金沙江。隐约中，江床离我们已经越来越近，越来越近。我的脚踩在江湾的沙石中，人们感叹说终于到了，终于到了。我很快站在岸边，江水那巨大的波涛声犹如梦中接引我的某种旋律，已经降临！

为了高于一切生活，我们得忍受生活的所有苦役。就在我看见金沙江的时候，我胃痛恶心的感觉消失了，取而代之的一条充满了峡谷的江流就在眼前。我赤着脚，跟随几十个孩子在沙岸上跑了起来。只有孩子，青少年时代可以狂野地奔跑，到了中年就平稳地走路，而到老年时则慢慢走。哪怕沙石挫伤了我们的脚心，似乎那些疼痛都算不了什么，我们还爬上了岸边的岩石并滑下去，岸边出现了木船。

明天，我再去看它的容颜。在漫长岁月的日子里，唯有它的变幻无穷陪伴我，经过它的枝条、缝隙、峡谷，处子般的安心，妇女似的缠绕。我知道了什么东西该舍去，什么样的荒野值得我沉迷。晚安，宝贝，在未看见你之前，我已经听过了风呼啸而来，将你的乐器弹拨的那双手！

那艘木船在已经黑下来的天空下，船身陷在水里，我们上了船。在任何时代，妇女儿童总是被人呵护的，哪怕子弹呼啸，总会有人挺身而出去抵挡。地球人的美好，就是善待弱者，妇女儿童老年人，在人群中是首先需要被关爱的对象。水的波涛是黑色的，所有发出的光线似乎都是黑色的，唯有人的眼眶在任何时候看上去，都有一束月光般的光。

船，漂向了金沙江，旅路并不长，这是一艘渡船，只是为了将我们渡到对岸而已。所有人坐在船上，仿佛要去另一世界，他们早已忘却了乘坐大卡车时的强烈颠簸，每一双眼睛都显得新奇。他们似乎告诉我说，人是很容易转移情绪的，在时空的变幻中，哪怕是多沮丧的事都会遇见命运的转折，在这里，渡船使一船人看见了希望的彼岸。在江流的汹涌中船工很快就将我送到了彼岸。这一刻，我眺望着江水，默默无语地目送着看不见底的黑暗，大人们在叫我的名字，我跑向了他们，奔回江岸荒野深处的人群中。

荒野，是迎接我的一个原形世态。金沙江岸滩的一座荒野在黑暗中向上延伸，呈现出丘陵地带，干燥的地热不时得使我的膝部触到了充满锋芒的野生灌木丛，是大片大片的看不到尽头的灌木丛。不远处有野兔在奔跑，还有狼的叫声，母亲紧紧地拉住我的手。身上还背着行李的小哥哥已经跑到前面去了，父亲和一群男人都已经跑到前面去了。一个年轻的小女人在唱歌，好像是在唱她故乡的民谣，我加快了脚步，离她近了一些。她唱出的民谣真好听，我们好像在她的歌声中已经走到荒野深处了，我看见了火把映照下一座农场的栅栏，围起的石头墙壁。

真好啊，我们终于可以睡觉了，所有的女人和孩子住在一间大房子里。母亲带着我住，小哥哥去跟父亲住。我们有了一张搭在石头上的木床。母亲在黑暗的光线中铺好了床，我上了床，很快就睡着了。那是我睡眠史上睡得最好的一觉，中间没有梦也没有醒来，一觉就睡到了太阳带来光热的时刻。早晨八点半左右，我和孩子们醒来了。

是的，我们醒来了，太阳是金色的，因此，照进房子里的光线是金色的。我们被这金光灿烂的圆球召唤着，从房子里往外跑，黑暗完成了它的轮回，早已经离开了，现在是太阳在陪伴我们。我们开始熟悉这片荒野，大人们已经去劳动了，母亲的职责是养猪。所有的妇女都分配到了养猪场，男人们耕地牧放牛羊。父亲分配到了三十头黑山羊，他成了农场干校的一个牧羊人，已经赶着群羊去山坡上放牧了。我们近二十个大大小小的孩子就像是寻找到了一座乐园，开始寻找游戏的方式。于是，我看见小哥哥第一个开始爬上了一棵橄榄树。

这是一棵耸立于荒野深处的绿色橄榄树，你无法想象我们的惊喜，我们仰望树枝，哇，那么多的野生橄榄啊。过了若干年，我仍然能回忆起将头仰起的刹那间，正是这棵树让我们喜欢上了荒野，热爱上了这贫瘠的、干燥的地热。同时，也寻找到了我们的另一座没有围墙的学校。小哥哥已经坐在树丫上，他开始摇晃着树枝，硕大的橄榄就从枝头滑落下来，站在下面的就低头开始拣地上的橄榄。

日照已足够它们成长，那一年，面对扑面而来的金沙江，穿过干燥而又充满果味的野生灌木丛，我尚未寻找到神秘伴侣，也从未出卖过我的灵魂。光芒或黑暗取之不尽，最终培植我的善与恶，使我理解人性，为生与死而熔炼不息。

奔向金沙江有一条小路，两边生长着丰饶的仙人掌，它们的肢体语言看上去很傲慢。只有阳光炽热的明媚地区才适合仙人掌生长。我们一前一后穿着橡胶凉鞋，终于来到了岸边，那天晚上天太黑了，我们几乎看不见金沙江的原貌。现在，我们的脚已经在褐色的沙石中行走，男孩子们都在金沙江中游泳去了，不用为他们担心，看上去他们似乎很懂得保护自己，迎着水面而去，倘若遇上了一个很大的波澜，他们就会呼叫着往岸上奔跑。我们女孩子，几乎没有人会游泳，所以，我们只是赤脚沿江岸线行走。有一天，我们竟然走了很远，看见了许多搭在江岸石头中间的帐篷，也看见了很多人在水边晃动着身体，他们就是传说中的淘金人。

我不知道他们有没有在金沙江岸淘过传说中的金子。这些东西离我们看似很近，其实很遥远。然而，当我们来到淘金人的中间时，却感受到了他们是在沙滩上认真地、忘却一切地淘金子。阳光已经将他们的面孔晒成了古铜色，他们的嘴唇干裂，看上去是很久没有吃绿色蔬菜了，要么就是太渴望了。来到这里的每个人，眼睛里都充满了对金子的渴望。

金子到底是一种什么东西？这个疑问上升时，我们已经返回农场了。饥饿折腾着我们的胃，感觉到快走不动了时，已经到农场了。母亲递给了我一块红薯，这就是我的晚饭了。其实，整整一天，我们就每人分到一块红薯。进入二十一世纪后，红薯成为了最健康环保的食物之一，理由是它可以防癌。那块红薯很香很甜，不过，几口就吃完了，最后每人还分到了一碗漂着白菜叶的汤。

在五七干校，有两件事特别惊悚，它是影响我一生的事情。第一件事与死亡相关，那一天，我们依然来到了江岸。这是我们每天必出发又返回的道路，阳光依然灼热明媚，从来到农场以后，我们几乎就没有见过阴郁的天气。走在那条小路时，竟然还在沙砾中拣到了一朵垂落的仙人掌花，往常尽管看见红色的花在绽放，我们也没有任何人肯伸出手去摘花。现在，我很高兴，用手轻抚着那朵小花，步子也变得轻盈起来。男孩子们总是会跑到前面的，因为天气热，他们想到水里去游泳，我们则在水岸边玩水。突然间，浪涛中推来了一个人的身体。我们好奇地跑过去，以为是游泳者。

一个女人的长头发像水草般漂着，哦，一个女人，她好像睡着了，闭着眼，皮肤好白，但我们还是认出了她，就是我们同房间的、会唱歌谣的那个大姐姐。我们叫着姐姐，想将她唤醒，突然，我们中的一个稍大点的女孩惊恐的低语道：“不对啊，这位大姐姐已经消失三天了，她好像死了。”我们惊叫着跑开了，直接往农场的小路跑去，路上的沙石划破了我们每个人的脚，因为我们是赤脚奔跑的，凉鞋还在沙滩上。

凉鞋还在沙滩上，是的，凉鞋还在沙滩上，我们只有唯一的一双凉鞋，然而，凉鞋还在沙滩上，凉鞋还在沙滩上，凉鞋还在沙滩上。

这个现场故事被我们带了回来，但每个人都不相信。农场的人很快去了江岸，但并没有发现我们看见的那个女人躺在沙滩上，尽管那个女人确实已经从农场消失了。那个年代，消失一个人，是没有强大的互联网可以寻找的。我们的目击也就像一场噩梦一样消失了，附于体内的只是一场关于死亡的记忆而已。

自此以后，我开始在午夜尖叫，一定是被当时的事情吓到了。母亲紧紧地抱住我，用煮熟的鸡蛋滚我的前额，这是民间流传的做法。土方子几天生效了，我开始安静入睡，但很长时间再不敢沿着那条长满仙人掌的小路去金沙江。又过了多少年，开始写作后，睡眠就有了障碍，对于黑暗、风雨的敏感是那样强烈，唯有写作可以贯彻落实我灵魂深处的那根链条。如今，那根链条虽然长满了时间的斑斑锈迹，但只要我伸出手，总能回到链条激荡的金沙江岸的故事中去。

第二个事件与羊群有关。那天，小哥哥带领我们不是往江边走，而是往荒野深处走。其实，已经有很长时间了，我们每天的游戏天地就是金沙江的礁石、沙砾，在江边可以玩很长时间。男孩子们每天在江水中游泳，试着每天去征服那些漫过身体的波涛，果然，他们比之前游远了些，而且慢慢得可以融入波澜中去了。女孩子天生细腻，所以，我们用手挖着沙子，仿佛想筑造一座房子，久而久之，我们的心在沙滩上起伏荡漾。如果没有碰到那个被波涛送到岸上的女子，我们可能会将不断重复的游戏继续下去。

然而，女子事件给我们的记忆带来了惊悚。现在我们在小哥哥的带领下往另一个方向走。下面是热浪滚滚的金沙江岸，而身后却是看不到尽头的荒野。小哥哥是想带我们去找父亲他们放羊的牧场。天空幻变，很久以来的蓝天白云突然消失了，只听见闪电和雷在头顶上轰鸣着，于是，久违的暴雨降临了。

前面出现了一个洞穴，不错，小哥哥指挥着我们先进洞穴避雨，这是唯一的选择，每个人都乖乖地进了洞穴，洞口很小，需要我们蜷缩着身体才能进去，而且洞穴外长满了野草。小哥哥说别害怕，洞里很宽敞，他告诉我们他是在追一只野兔时发现了这个洞穴的，那只敏捷而狡猾的野兔在奔跑中从荒草溜进了洞穴，跑走了。我们很羡慕小哥哥，除了在金沙江游泳，他竟然跑了这么远，就为追赶一只野兔。

时光很远了，如你愿意我想带你钻进那个洞穴。那一夜，我们以为狂风暴雨很快就会过去。然而，我们在洞穴中待了太长的时间，狂风过去，暴雨开始减弱了，正当我们想撤离洞穴时，突然听到了狼的叫声。

狼，不仅仅是一种意象，而是一个现实。现在，我们想在荒野深处听到狼的嚎叫，已经不容易了，而在二十世纪六十年代的金沙江岸，看不到尽头的荒野深处，不知道有多少匹来自荒野的狼在嚎叫。

故事的结果是这样的，狼在外面的荒野深处孤独的嚎叫着，我们屏住呼吸，不敢发出任何声响，有那么一片刻，好像狼已经走到了洞穴口，但又移步走远了。我们再次屏住呼吸，因为哭泣叫喊只会引狼入室，这个道理我们在很小时候就知道了。又过了很长时间，农场的亲人们举着火把在洞穴外叫喊着我们的名字，好像来了很多人，狼的嚎叫声消失了，我们钻出了潮湿的洞穴，扑进了亲人的怀抱，又结束了另一个惊悚的冒险和游戏。就这样，我们在荒野中成长着。

我与世态的亲密，仿佛像根绳索捆绑我的肉身，唯有捆绑，才知世态在松绑以后的自由、轻盈和尺度，也同时体会到唯有捆绑，肉身才会去追索沉重，人生漫无边际的飘忽是为了历练什么样的精神之旅，哪一艘帆船可迎接万千波涛？

荒野之恋

要使用什么样的语言？何日使用语言，并沉迷其中，成为奴仆和天使？我们终归是要从金沙江的荒野之上撤离的。其实，我们只是一群孩子，并没有沉沦，也没有多少希望。在那个年代，风轮转得如此缓慢，就像我们在江岸沙滩上失去的那一双塑料凉鞋，艰难时世中唯一的鞋子，待我们跟随大人再去江岸寻找时，不仅仅是被江水推上岸的女人消失了，就连我们的鞋子也不见了踪影。

那个会唱民谣的大姐姐消失了，不仅仅从五七干校农场的集体宿舍中消失了，也从曾经是目击者的我们眼眶中彻底消失了。她的消失对于我来说永远是一个谜，而且是任由时间飘忽也无法寻找到答案的谜。从她的消失开始，我对死亡这个词有了恐惧，当我们无法寻找到任何关于她的生的线索时，生活与成长、苦难、蒙昧中的滋味总是悄然袭来。

因为唯一的塑料凉鞋被江水的波涛带走了，我们不得不赤脚走路，好像所有在五七干校的人都只有一双鞋，对此，母亲安慰我说坚持几天，待到她休息时，带我去金沙江岸边的桃源小镇买双新鞋。在没有鞋子的情况下将赤裸的脚掌与道路、泥沙融为一体，是一种奇怪的感觉，首先是微微的刺痛，涌遍脚掌，但适应三天后就好了。为何需要三天时间呢？

在后来的旅途中，有人告诉我说三天也就是前世、今生和来世。所以，我们生命中的诸多等待和因果都与三天时间有关。三天以后，仿佛赤裸的脚掌已经融入了我们生活的荒野，失去了凉鞋的几个小女孩竟然可以在荒野上奔跑了，我们似乎不再需要套在脚掌上的鞋子了。

伟大的时间让我们忘却了曾历经的惊悚，我们又开始从五七干校农场的那条小路向金沙江跑去，我们的小脚掌心仿佛已经生长了厚厚的老茧，可以抵御那条布满热浪的小路上沙砾的摩擦，形姿傲慢的仙人掌依旧朝着全世界怒放。它仿佛在告诉我：“小丫头，跑吧！跑吧！跑吧！”

是的，让我们赤脚奔跑吧！那个纠缠我们现实和梦魇的事情已经消失了，任何惊悚和恐怖面对奔涌而来的阳光时，都会撤离。所以，阳光对于我们心智的培植是如此重大的滋养启迪。终于又来到了金沙江岸，熟悉的江湾仿佛是我们的小学校园，沙粒突然变得温柔，这是因为贫瘠时代的游戏生活又重新开始了。

奋力跑向沙岸的时刻是欢喜的，我们已经忘却了那个大姐姐被江水波涛冲上岸的一幕，时间变幻出新的场景，一个垂钓的爷爷竟然坐在江边的礁石上，他头戴一顶麦秸编织的草帽，将手中的鱼竿竟然伸进了江水中的旋涡深处。

世间有消逝的场景，那个会唱民谣的大姐姐肯定是随同这条江流，寻找到了她想去的那个世界。没有人告诉我她为什么跳江，也没有人告诉我们她所经历的另一些故事，因为我们只是一群孩子，无论是在畜厩外养猪的母亲，还是带着三十只黑山羊去荒野深处放牧的父亲都没有告诉我们答案。

世间也有冉冉上升的风景：这个坐在礁石上垂钓的六十多岁的爷爷的鱼竿吸引了我们，朝着他奔跑而去的除了女孩子，也有小哥哥率领得男孩子们。我们围拢在爷爷周围，屏住了呼吸，想看看鱼竿会不会钓到金江沙里的大鱼。爷爷笑了，示意我们不要说话，因为声音会惊动江水中的鱼。

声音，会发生响声，万物均有自己独特的语系，浪涛撞击礁石时的声音，一只鸟突如其来在我们头顶飞翔的声音……我开始在这些语音中成长着。即使已经屏住了呼吸，我们都能感受到那急促不安的等待中同样也有沉默的声音。

哗的一声，爷爷几乎是在我们毫无察觉时就提起了波涛中的钓鱼竿，这是他用竹竿自制的鱼竿。哇，钓到了一条大鱼，爷爷开怀大笑，从礁石上站起来奔向鱼竿那头。那条江鱼已经来到了沙滩上，鱼的身形看上去很漂亮，不胖也不瘦……爷爷端详了几分钟后，我们以为爷爷要带着江鱼回家了。

这可是困难年代的胜利品啊！但奇怪的是爷爷却将那条鱼又放回了江流中，转眼间，那条鱼就消失了。

爷爷沉默地看着我们点点头，不说一句话，之后他站起来抱着他的鱼竿消失了。那时候，我还不知道世间存在着慈悲这个词，不过，在江岸的礁石上我们再也没有看见爷爷垂钓。

倒是在离淘金人很近的江湾，随风荡来了熬鱼汤的味道……然而，我们并没有走上前去，只因为风中飘忽过来鱼汤的味道时，我们几个女孩突然在那个江湾的泥沙中发现了我们被江水卷走的凉鞋。这真是一个天大的奇迹啊！起初，只看见了一只凉鞋，它被泥沙掩埋着，只露出了一角，后来我们就用手刨沙，很快，我们几个人都顺利地找到了自己的凉鞋。于是，鲜美的鱼汤味从风中飘走了。

母亲告诉我说，那些淘金人很辛苦的，每天晚上就睡在江边的帐篷，你们说嗅到了鲜鱼汤味倒是真的，不过，江鱼是很不容易落网的。而且江鱼顺着整条金沙江在旅行，人根本无法追踪到鱼们的踪影。母亲认真地说话，就像是给我讲故事，我之所以喜欢上语言，很可能与母亲有关。

我告诉了母亲，那个爷爷钓到了一条大鱼后，又将鱼放入金沙江的小故事。母亲说因为突然发慈悲了，他舍不得将那条有生命的鱼带回家……有时候，慈悲是很重要的……你今后就会明白了，爷爷为什么将钓到手中的鱼又放回江水中……我点点头，钻进被子，尽管白天的荒野被太阳照得很有热度，但到了夜里，不盖被子，身体就会很凉。

那个大姐姐曾经睡过的床空了出来，然而，再没有人到那张空下来的床上去睡。在大人们偶尔的聊谈中，有些人说她是被坏男人欺负了，神经受挫就从农场逃走了。关于她的结局，有些人说她死了，有些人说她还活着。对于我们在江边所看见的那一幕，有些人相信，有些人不相信。这就是我幼年所看见的世态之一，它使我有时迷惑，有时清醒。

但无论怎样迷惑，我还是以幼年的体态享受着那个年代的贫瘠和丰饶，尽管物质和文化生活是贫瘠的，然而，跃入眼帘的金沙江每一次都会变幻着无数奇异的色彩迎接我们。农场外延伸出去的荒野仿佛总是在一次次召唤我们，所以，出现了上次的洞穴事件。在一个阳光明媚的上午，我们又一次秘密地出发了，决定重返上次避雨的洞穴看一看。那一天，想起来好恐怖，如果没有那个洞穴，我们也许被那群饥饿年代的狼吃了。

阳光照耀着荒野的每个角落，使得我们重新又滋生了勇气，在一个没有围墙的大自然的学校里，我们必须发明自己的游戏，好打发我们如荒原般空旷的时间。再次朝着荒野尽头奔去，还是想投奔父亲放牧三十头黑山羊的牧场，说实话，我每次在黄昏中迎接父亲赶着群羊归来时，才会嘘出一口气。因为父亲终于回来了，在母亲的想象和描述中，父亲去放牧的地方水草肥沃，但也是狼群出入的地界。

狼会吃人的，当然也是会吃羊的。羊身上的肉无疑是狼的美食。我们通过母亲和他人的语调，知道了狼的本性。所以，母亲很希望当太阳升起在山冈的时候，我们像往常一样顺着那条绽放着仙人掌的小路往下走。在母亲看来，孩子们在沙岸玩沙游泳还算是安全的。但如果我们朝荒野深处走去，则是危险的。

危险这个词，像闪电一样开始触碰着我的神经，因为父母去荒野，我们就开始与父母的视线捉迷藏。在有父母的目光之下，我们表面上往江岸的那条小路走去，一旦游离在他们的目光之外，我们就会诡秘地寻找到从小路进入荒野的另一条道路。因为，朝向荒野的区域是敞开的，通过敞开的荒野，我后来知道了另一个词叫辽阔。

荒凉而又辽阔就是我们通向前面的场景，野生灌木丛是隐身的最好之地，纵身进去灌木丛也是避开大人们目光最好的方法。我们听见了野兔奔跑的声音，它从身体下发出的声音使我们身心雀跃。在那一刻，追逐野兔的游戏开始了，任何事物的开始，都来自心跳，我感觉到了体内的心跳加速，红色的血液促使我的脚尖旋转得很快。

就在奔跑中，我突然发现一只野兔藏身在我途经的灌木丛中，当别人在奔跑时，它为何不奔跑呢？我急促地喘着气，驻足后蹲下去将它抱了起来。这是我来到农场以后，第一次捉到了兔子。

一只野兔子，传说中的野兔在那个时代迎着我的目光而来，它没有跑也没有抵抗，而且还显得很温顺。我从灌木丛中站了起来，云彩就从我头顶飘过，仿佛伸手就能触到。我怀抱野兔去追赶小哥哥的队伍，他们因为看不到我，正站在前面的山坡上等我。看见我怀抱一只野兔过来，所有人都惊叹我用哪一种能力捉到了兔子？在那一刻，他们都很羡慕我，而我也很骄傲。野兔们都在追逐的脚步声中跑远了，我们以平缓的脚步开始往前走。

突然，眼前出现了一片平缓的坡地，还看见了一座湖泊，竟然还听到了羊群的叫声。这真是荒野深处最美的一个区域啊！于是，我们奔向前，看见了父亲，还看见了黑乎乎的一群山羊。父亲手里拿着一本书，从草地上站了起来。父亲将书揣进口袋里，这个场景在二十世纪六十年代的金沙江岸的荒野农场，绝对是一幅有历史意义的画面。

但我们并没有对那本书有多少兴趣，说实话，我们一群正在成长需要进学校念书的孩子，因为来到了农场，我们的身心也就如同荒野的植物、奔跑中的兔子的命运一样，开始变得越来越野性了。书，父亲揣进口袋中的那本书，并没有吸引我们去问个究竟；书，一个牧羊人置身在荒野牧场，打开又合拢的书，是长方形的，它没有声音，不过，书中会有很多相互缠绕的词语。

父亲有些惊讶地看着我们是怎样进入了他那独有的领地，当然，他很高兴，目光中感觉到我们又长大了一些。是的，像我们这样的孩子，唯有在奔跑中才能长大，每一次狂野的奔跑以后，我自己发现个子又长高了些。但这一次寻找父亲，意味着我们已经有了目标，并会为这个目标而努力。

父亲带着我们在山坡或湖泊周围行走时天气开始幻变。开始时，是大块大块的云层变灰，父亲说，遇到这样的云层时，往往大风就要来临了。父亲说，我们回农场吧！于是，我们跟着父亲开始往回农场的方向走去。突然起风了，而且是一场来势凶猛的风。父亲说，我们先避一下风吧。风啸也会使许多羊群受惊，它们会跑出来。按照父亲的经验，这场风比以往任何时候都大。

父亲带领我们往山坡上奔去，那里出现了一座土坯房屋，在风力的催促下，我们以最快的速度走到了房屋前，三十头黑山羊在父亲的吆喝声中已经进了房屋。这是一座已经半坍塌的房屋，当然已经被废弃。我们和群羊们就蜷缩在房屋中避雨……莫名的情绪伴随着这种奇特的体验，感觉到一些句子从风中飘过，这是我早年的性情，它已经产生了诗意……何谓诗意，当时的我，那个穿一双破凉鞋的女孩子，从哪里来的诗意？

现实中最严酷的事正等待着我们，这场风暴比之我们曾经困于洞穴的记忆更为魔性，在风暴面前天空骤然就黑了下来，天与地相互厮守，却保持着足够的距离。

不过，无论这次风暴有多么大的魔力，因为有父亲在，我们似乎都不害怕。何况，还有三十只黑山羊陪伴着我们，但凡有心跳的生命都是我们人类的伙伴。这好像也是母亲告诉我的一句话，做过农艺师的母亲，不仅会栽桑养蚕还会养猪，有时候，尤其是晚上临睡前，她总会说出两三句话，似乎是在教育我，又似乎是在自言自语。

久而久之，母亲发出的只言片语都会直接影响我的心绪，乃至睡眠和饥饿时的滋味，我要感谢母亲在艰难的时态陪同我度过了很多看上去是黑暗的岁月。

当然，我也要感谢我的父亲，在风暴降临之前，以一个男人的力量将我们带到了牧场上那座几近坍塌的老屋，正是这座残垣断壁似的房子收留了几十个孩子，三十头黑山羊。我们已经和群羊相互簇拥在一起，不分彼此，相互都很需要来自生命的那种温暖和存在感。

风暴中天真的已经黑下来了吗？雨滴从坍塌的屋顶飘到了我们的面颊上，接下来是曾经在不久之前体验过的风暴之后的大雨……这意味着我们暂时无法回去了。父亲安慰我们说，别害怕，待会儿狼群可能也会途经此地。我一听见父亲说到狼群，身体就开始发软了，仿佛我的骨头已经无法支撑我的血肉了。

父亲说，别害怕，墙角有柴火，快把墙角的枯木抱过来……小哥哥已经按照父亲的嘱咐将墙角的那堆干枯的木枝抱了过来，父亲从怀里掏出来了一盒火柴，弯下腰再屈膝就将那堆枯枝点燃了。有了火光，首先，身体似乎就被光笼罩了。父亲说得不错，火光刚刚升起，就又听见了狼的嚎叫声。荒野上的狼群只要天一黑，就会发出叫声，夜里，我们睡在房间里，也会隐隐约约地听见狼的叫声。不过，房间里人很多，而且是掩上门窗的，狼的叫声很快就过去了。

现在，狼开始出现在雨幕中，隔着火光，看见了五六只黑灰色的狼，它们在火光外的几米外看着我们嚎叫。我一直紧紧地抱着那只野兔，从进入牧场后我就没有把它放下过，我很害怕放下它，它就溜走了，野兔奔跑起来的速度是我难以追逐的。我害怕失去怀中的野兔，只想把它紧紧地抱在怀中，而且，狼群就在几米外，我就更想把它紧紧地抱在怀中了。

那时候，我似乎在荒野找到了另一个小伙伴……相隔几米以外，就是五六只狼，如果没有火光升腾，它们很容易就会袭击我们。多年以后，每到荒野，我都会带上火柴盒——这是一只小小的魔盒，也是父亲教会我们的生活经验。

在一个没有手机的年代里，举着火把的人们又来到了牧场，他们走了很远的路才找到了我们。就这样，在火把的辉映下，狼群消失了。我抱着那只野兔回到了农场，第一件事就是抱着野兔钻进被子，而那只野兔好像已经习惯了我的怀抱，一声不吭地躺在我怀里。我们都太累了，母亲也太累了，在寻找我们的人群中，母亲一直举着火把走在前面。对于生活，母亲似乎有超乎他人的忍耐力，我很少听见她对生活的怨言，或许已经习惯了生活的辛劳。母亲给予我的不仅是爱，也是一本书，她就像一本书对我敞开着，我需要时间慢慢阅读。

之后，那只兔子成了我的贴身伙伴，一直以来我都害怕它会离开我，始终将它揽在怀中，不肯轻易放臂。我抱着它吃饭睡觉，还抱着它去金沙江乘船来到了被母亲经常絮叨的桃源小镇，它是离我们最近的一座小镇，也是我最想去的地方。除了金沙江和荒野看不到尽头外，其实一座小镇几十分钟就走完了。尽管如此，我们在那座小镇买到了五分钱一根的棒棒糖，两毛钱一碗的冰粉水……

桃源小镇的人们过的像是与世无争的生活，镇里还有邮电所，我站在邮电所的门口驻足了很长时间，一个穿绿制服的阿姨站在不高的柜台前正在盖邮戳。盖邮戳的声音很好听，柜台上有几十封信件，她的工作就是盖邮戳。我还看见了邮局中有一间电话亭，一个男人走了进去，正在拨打电话。

我一直抱着那只兔子，小哥哥走过来说，你干吗老抱着它啊，放它下来走走吧！小哥哥说，我们试一试好吗？如果它跑了，我一定会追上它把它交还给你的。我当然相信小哥哥的话了，从很小的时候他似乎就是我的支柱，只要小哥哥召唤我，去哪里我都不害怕。

光很强烈，这是金沙江岸小镇的光，一群妇女坐在街头的阳光下闲聊绣花的事，几个担水的妇女正穿过石板路，光束之下，我们已经走完了小镇的区域，整座小镇应有尽有。有医院、派出所、粮管所、食品百货铺、小学校等。在强烈的光线中，我终于放下了兔子，心里忐忑不安，唯恐它会跑掉。然而，它却就在我脚下面，一动不动地看着某个方向。

兔子为什么没有跑起来呢？因为它对小镇很陌生，如果将它放在荒原，它一定会跑起来的。小哥哥笑了，因为他不用去为我追赶跑出去的兔子了。我也笑了，人，是多么容易满足和产生幸福的情绪啊！在那时间，我们开始往江边走，我们要去搭乘最后一趟渡船，我弯腰抱起了兔子。太阳就要落山时，我们已经坐在木船上了。

除了我们一群孩子和农场的几个妇女外，就是对面的村民了，不过，我们和他们还是把船都挤满了。船工用力的划着木桨，起风了，但只是一阵从江面上过来的微风。不知道为什么？坐在木船上时，竟然产生了一种幻想，真希望这艘船不是帮我们渡到对岸，而是沿着金沙江往下航行，永无止境地航行，将我们载入今天以后的时间里。

半小时后我们就到对岸了。回到农场，我们得到了一个消息，明天一早五七干校农场劳动改造就告一段落，我们在这里的生活也将结束。听到这个消息，我目光显得有些呆滞，说实话，离开农场对我来并非好消息，但对小哥哥他们大几岁的人来说，无疑是一个意外的惊喜。因为之前，我们从来都没有追问过什么时候才能回去。当我们刚扎下根来时，却要离开了。

母亲从养猪场回来了，她取下了围腰，看上去她有些累了，但脸上终于出现了笑容，并对我耳语道：我们终于可以回去了。回家以后你们也可以过上正常的生活，去上学了。我弄不明白，什么才是正常的生活？难道我们现在的生活就不正常吗？母亲好像察觉到了我的混沌，她低声说：回家后就好好上学去，该背书包的年龄一定要背书包，该上学的时候一定要在学校念书。母亲的声音低沉而有力量。我没有东西可收拾，母亲将几件衣服收到了箱子里，这是我们唯一的行李，而那只棕色皮箱很摩登，当年，母亲就是拎着这只箱子嫁给了父亲。这是我们在农场的最后一夜，我意识到了，突然翻身而起，母亲问我干什么？我抱着兔子思忖着：明天就要离开了，兔子要跟我离开吗？

刹那间，我突然变清醒了，关于兔子的命运我从来也没有像此刻这般清醒过：兔子是属于荒野的，它的家就在荒野深处，如果我强行地带走它，那么它也是会走的。何况我时时刻刻地拥抱着它，已经让它对我有了一种依赖感，我们的关系就是建立在相互依赖的基础上。然而，如果我明天不带上它走，我能舍下它吗？

抚摸着它柔软的皮毛，它的毛是白黄色的，就像荒野之色，在不长的时间里已经在我脑海中留下了那么多的记忆。兔子好像已经感受到了我的伤感和矛盾，它仰起头看我，似乎要陪我度过一个不眠之夜。在母亲目光的召唤下，我还是躺下了。快要天亮时，我睡着了，待我醒来时，天已经大亮了。屋子里的人们都已经起床，他们显得很兴奋，因为终于要回家了。这是一件严肃的事情，因为终于要回家了。

获得了词语的使用，就像在荒野行动中获得了神的启示，狼群仍生活在荒野深处，而我们离文明却越来越近。乘一艘木船，在那年秋天我们又渡过了金沙江，二十世纪六十年代的荒野行动终于结束，自那以后我就产生了来自语言的一种莫名的冲动。

而我却永远记得那个早晨，当我醒来以后，发现怀中的兔子不见了。我问母亲，是否见到我的兔子？母亲迟疑地说：孩子，兔子？哦，没见着，如果不见了，它应该到它该去的地方了……我问屋子里的人，是否见到我的兔子？所有人都在收行李，房子里发出了慌乱的声响，没有人听见我的询问。我跑出去，看见了小哥哥和他的伙伴们，我问他们，有没有人见到我的兔子？小哥哥笑出了声："兔子，你的兔子？你不是每晚都抱着它睡觉吗？"

我想回荒野深处去找回那只兔子，父亲发现了，跑上来拉住了我的手说道："孩子，我们得离开了，昨天，该来的时候我们来了，现在，该离开的时候我们要离开了。"

父亲的声音笼罩了我，他的手把我拉回了撤离农场的人群中，我们是该走了，可那只兔子到哪里去了？我们顺着那条路往下走，我不停地回头，是想看见那只兔子从荒野深处向我跑来吗？我曾怀疑是母亲在我睡着的时候抱走了我怀中的兔子，把它放走了，但我在多年以后推翻了这个怀疑，在与母亲相处的漫长岁月中，我发现了母亲是一个非常人性化的妇女，她是不可能从我怀中抱走兔子的。

是兔子自己离开的……当我得出这个结论时，我已经开始了写作。因为写作我又回到了那个场景中，当木船将我们渡到对岸时，我本能地抬起了头，仿佛看见了江对岸延伸出去小路的尽头的荒野，隐约和虚幻中出现了那只灰白色的兔子……它之所以离开了我的怀抱，是想不让我因告别而伤心吗？

有彻夜不眠的哀歌，跃过时间，仿佛带我跃过了母亲曾经给予我又剪断的那根脐带。世态的飘忽不定，微风的温柔，语言的莫测，丘陵般的起伏，绿枝突然绽放的花，苍穹下我们的拥抱，白花花的溪流，使我们对人世充满了感怀。

是的，从那以后，我就遵循母亲的期待，随同农艺师母亲又回到了那座小镇，亲爱的紫薇又出现在了我身边。除此之外，要开始上学了，进学校是每一个孩子的责任，只有进入有教室、黑板的地方，孩子们才会有自己的位置，从而才会有自己的老师。

就这样，幼年中开始的荒野行动结束了，在一个黎明，母亲叫醒了我，跟着小哥哥去上学。只有去学校，我才能跟小朋友在一起。天亮了，上学是一件新鲜的事情，进入小镇的路上，打铜器的店门早就开了，途经店门时，我看见门口升起了一炉子的火。看见火就看见了光，我们背着书包走到小镇的石板路上时，能听见自己脚底发出的声音。

最初的时候，数学和语文我似乎都喜欢，身材高大的老师出现在讲台上时，我幼年时代的注意力被他的声音召唤到了黑板上。我们开始写字了，这是源自我母语的音韵和笔画，我们的手开始削铅笔，并且在课本和作业本上写上了自己的名字。老师的点名册上也同时有了我的名字。直到现在，我才感觉到每个人都有一个属于自己的名字是多么令人惊奇的事情，而只有后来我才知道，每个人的名字下面都在演变着不同的命运。

命运这个词根下讲述多少故事？卖菜的大婶来了，每周我都跟她去买菜。她身材高大，她说她一生都在田里管理蔬菜，所以她的菜该甜的甜，该酸的酸，该涩的涩，该苦的苦，该辛辣的辛辣……从头次跟她买菜时，她一下子就跟我说了那么多的话。我觉得她说话的速度很快，而且很独特，我便记住了她，每次进菜街子（那时候还没有农贸市场这个词），我都会本能得直奔她的摊位，跟她买菜的人很多，菜街子有一个现象，无论是卖菜还是买菜的大都是妇女。

妇女，也是整个社会结构不可缺少的，有了妇女菜街子才可以变得热闹起来。从小我就跟母亲买米买菜买全家人日常的生活用品。如果世间没有女人，烈火就不会在大炉中熊熊燃烧，流水就不会从高山流入平川浇灌土地，荒野上就长不出果树，妖娆的花朵也不会在世间开放。

菜街子卖菜的那个身材高大的妇女，亲手种植出了红色的、绿色的、白色的各色蔬菜……就像她自己宣称的一样，她一生都在种菜卖菜……这就是她的命运吗？我买回了她种植的各种蔬菜后，开始慢慢品尝到了各种蔬菜的味道，偶尔会想象出她在自家的菜园子种植蔬菜的场景……

还有那个卖咸菜的妇女，她五十岁左右，她的摊位上永远有五六个罐子，第一次跟她买腌菜，她就对我耳语道：“丫头，我从小就跟我妈学做咸菜……你买回去尝一次，下次你还会再来的。”果然，她做的咸菜就是我品尝的那种味道。后来，我一次又一次地穿过人群攒动的菜街子，来到了她的摊位前，每次见到我，她都会骄傲而惊喜地说，丫头，你又来了！是的，我又来了，整个菜街子就她做的咸菜最好吃。

多年以后，我再次回去时，那条古老的菜街子已经消失了，我又来到了农贸市场，怀着某种美好的保持在身体中的味蕾记忆，我开始在摊位上寻找这两位奇特的妇女。

首先，我看见了卖蔬菜的妇女，几十年过去了，她比过去当然要苍老了一些，但她依然保持着几十年前的那种活力，她身上的活力就像她种植出的蔬菜的色泽……她竟然认出我来了，问我去哪里了？这几十年都没有跟她买过菜了……我有些激动，将她摊位上所有的蔬菜都买下来了，想着回到昆明后送给邻居朋友。她笑开了怀说：妹子呀，我种的菜很生态。这一次我发现，她学会了一个新词：生态。

之后，又去找那个当年卖酱菜的妇女，时光晃动不息将我的目光引向了她的摊位，酱菜由原来的五六只增加到了几十只，我悄然走到了她身边，她猛然抬头就看见了我，同样认出了我，便亲切地说道：丫头，你跑哪里去了？你几十年都没跟我买咸菜了……又是一阵莫名的感动以后，我买下了她做的各种咸菜打包带到了城市，分享给了朋友们。

这就是命运词根下的场景，两个不同的妇女，共命运都在做一件事，因为专心做事，认真做人，她们一生都在卖自己种植的蔬菜和腌制的咸菜。

命运从来都是我们头顶上的日月之辉，希望所有人能寻找到自己的角色和位置。

小镇时光

小镇的味道其实很浓烈，三天就有一个集市，这座小镇已经有几百年历史，因而你只要听见自己的脚步声再低头一看，就会看见青石板上的纹理和各种马蹄印，认识一条路并走在人群中你就会渐渐长大，生命是在不同的气味中寻找到自己的。虽然，这个过程显得很漫长。

我们的成长离不开身前身后的背景，现在，从一根火柴嗞嗞声划燃的那刻说起。小时候，停电时需要划燃火柴，做饭时需要划燃火柴，这是两个不同的聚焦点。我胆子特别小，光是学划燃火柴这件事就训练了很长时间，当我握住一个火柴盒时，往往是停电的日子，那个年代经常停电，不会划燃火柴你就无法点燃油灯。不会划燃火柴，你就无法烧火做饭，面对这两件事，必须向大人学习，从盒子里取出一根火柴棒，对着粉红色的那个区域，嗞的一声，火柴棒就燃起来了。

第一次划燃火柴时，很害怕它把自己的手燃着，因此，曾经将手中的那根火柴棒抛了出去，差点把一堆地上的柴火点燃了，幸亏风将那根火柴棒吹灭了。于是，就有了第二次、第三次，终于将一盏墨水瓶制作的油灯点燃了。一根灯芯插在墨水瓶里，再灌上香油就做成了一盏小油灯。这种简朴缓慢的生活，就像需要训练勇气再划燃的火柴，一旦点燃油灯和火柴，就可以给我们带来房间的光亮，有多少个停电的夜晚，我们就是在油灯下做完了作业。而炉子里的柴火一旦点燃，我们就会围拢在炉灶前，看着火苗变幻后将一锅饭煮熟，那时候，肚子特别容易饿，因而炉灶会给我们带来等待和欣慰。

火，进入了我们的生活，其实，在金沙江的荒野深处，当狼群袭击我们时，父亲划燃了火柴，点燃的火形成了天然的屏障，使狼群未进入我们的领地，也许从那时候开始，我的记忆中保存了对火的记忆，知道火与太阳的光明所产生的磁力。

而现在，我学会了划燃火柴，这小小的生活技能终将帮助我烧火做饭，点上油灯……美好的俗世充满了生活，人之生命需要学习的生活常识，这是造物主赐予我们每个生命的光或热。之后，还必须学会面对充满锋芒的菜刀，是的，我们曾在金沙江岸上的野生灌木丛中被荆棘划破手臂脚踝，隐隐的刺痛曾让我清醒。而此刻，刀锋也让我去敬畏生命的柔软和坚韧。除此之外，我呼吸着小镇的味道时，老姨来了，她五十岁左右，因母亲工作太忙，请了老姨来照顾后来又出生的两个小妹。

母亲她们那代人似乎都有很强的生育能力，母亲四十多岁还生下了小妹。母亲共生下了五个孩子，其中，我的小弟弟两岁出麻疹时，因拉肚子离世。死亡，在一个相对物质贫瘠的年代似乎很容易发生的意外，出麻疹的小弟弟走了，我太小了，当然无法记住他的面容，我们必然相互遗忘。

人在脆弱时，容易感冒或身体发生小毛病，坐在窗口写字的我，突然有了一种感冒的症状，时光就此蛰伏或者在潜意识中向前递进，无论如何，活着，就能感受到光的魔力。

每次划燃火柴的那种滋味，其实就是在聚集希望，将你的气息聚拢，伸出手，将火柴划燃的那束光送到油灯前，儿时的停电，对于我们向往光明的心境是如此重要，它的契机在于点亮油灯的同时，照亮了课本上的文字，使黑暗变得美好。

鸟为何要跑到树上筑巢？人为什么面对黑暗要点亮灯光？这些问题就在眼前，一群鸟钻出了树巢，我看见了它们活跃的肉身和灵魂，我被感动着，因为这是它们即将飞行时的仪式，而人在点亮灯光以后，目光会跟随灯光去周游世界吗？

还是从柴火煮饭的过程中获得生存的某种技能吧！学会点燃柴火做饭，让我们触碰了烟火油盐。说到此，必须回忆布票、粮票。那是计划经济时代，凡是生活中的用品，都要使用票证才可能购买。每人都有定量的票据，所以，从小我就看见在母亲专用的抽屉中的一只铝制饭盒里，用塑料橡胶带捆绑起来的一沓沓粮票、布票等。那只银灰色的饭盒当然是家里最为重要的宝贝了。

有一次，我试着拉开抽屉想看一看，母亲过来制止了我的行为，并告诉我，抽屉里有我们一家最为重要的布票、粮票、肉票，小孩子不要轻易去动它们。

说到粮票，就要说到一条小路。我跟随母亲去镇里的粮管所购粮，必须走过镇里的一条小河里的卵石，那石头出奇的润，因为上面长满了青苔，这正好训练我们的平衡力，当身体一跃前脚踩在了河里的卵石上，后脚紧随其后，两只脚一前一后和谐相处。之后，再穿过河流之上的田野，那是我一生中看见过的最美轮美奂的庄稼地，它从不荒芜，就像调色板，变换着不尽的四季之色。

田野上有一条小路可以通往金官小镇的粮管所，待我们走完了小路，拐上另一条路就要到粮管所了。远远得似乎在空气中就嗅到大米的香味，实际上那是饥饿催生出的味道。母亲肩上背着一只长方形的竹筐，到了粮管所，母亲从鹅蛋绿的的确良衬衣的口袋中，小心翼翼的取出粮票和钱，递给卖粮的人，她们都剪着短发，从母亲手中接过粮票和钱。

我仍然记得大米从一只三角形的购粮器中流入白布口袋里的响声，它似乎更像风铃声，响声虽然很短暂得就结束了，却使我们有一种深入骨髓的满足感，这袋粮食会背在母亲肩上，头剪短发的母亲背着粮食，仿佛就拥有了主宰全家人的权力和爱，微风吹拂着她的短发，使她显得更秀美和成熟。

说到肉票，当然很有油腻味，然而，在那个特殊年代，油腻也是令人期待的。因为那是一个缺乏肉食的时代，我曾陪同母亲早早起床，只为了奔向卖猪肉的窗口去排队。现代人不喜欢吃肥肉，而在当时，人们都期待买上肥肉能炼油。在饥饿的时代，吃一碗油炒饭必是当时最为奢侈的愿望。

站在长长的排队人群中，头却仰得高高的，极想看到买肉窗口的师傅们。他们通常会将一块猪肉提起来再放下去，这一动作非常诱人，仿佛告诉我们，别急，肉铺店里还有肉哩！是的，不急不急，我们的期待总是会充满希望的。

猪肉的味道从前面的窗口终于飘了过来……吃肉是奢侈的，每个月能吃上一顿肉已经算不错了。直到我们终于到了肉铺窗口，这时刻所有的鲜猪肉味仿佛可以食用……那种兴奋的感觉难以言尽，如果能割上一块肥瘦兼有的肉带回家，母亲就很满足了。因此，那时候肉铺店的师傅是最受人尊重的了。

说到布票，当然是一件令人心花怒放的事情了。仍然是母亲将我引向了供销合作社的布店铺里，一匹匹花色不多的布卷整齐的放在柜台上，母亲会情不自禁地伸手抚摸那些布匹，她的眼神也会突然间变得明亮起来了。售货员手握直尺，正在给母亲已经挑选的布匹丈量着……那把直尺特别有趣，它如今正掠过眼帘，带来生活的缓慢的美。有人曾告诉我，有一位作家患了抑郁症后，曾来到边远山区的供销社买布，用直尺重复的量布匹，几个月后她的顽疾治愈了。

所以，缓慢是多么重要。当然，这并不是老年人身体衰竭之后的缓慢，而是生命个体在岁月疾驰中保持的一种生活方式。

父亲在慢速度中肩扛着几根甘蔗回来了。每到过年之前，我总是会浮现出这一幕场景：过年了，小时候特别期待着过年，因为过年有三件事令人期待：其一，每到除夕之前，父亲就会扛着甘蔗带着给我们的新衣服回家来。众所周知，甘蔗是甜蜜的，尤其是过年吃甘蔗意味着一年都是甜蜜的。一年中，只有过年才能穿新衣服，这已经成为了时代的现象。其二，过年大人们都会给孩子压岁钱，哪怕只是几个硬币，都会给我们带来快乐。我们会将压岁钱存在存钱罐中，并希望那只小小的存钱罐越来越满。其三，过年了，家里就会炖上一只鸡，特别渴望在大年三十晚上，嗅着炉子里炖着鸡汤的香味，那味道只存在儿时的记忆中，此后的鸡汤味完全变质了。

生活将必然失去原有的味道，这不仅仅是过去用炉子炖出鸡汤的味道，随同岁月的变质，许多东西都在幻变。尽管如此，父亲在多年以前肩扛甘蔗回来的那一幕是美好的，父亲不仅扛着甘蔗回来了，他还将甘蔗皮削干净，把甘蔗分解成一小节，以便我们的小牙齿咀嚼。

甜蜜是有限的，新衣服也是有限的，庆典也是有限的，正是这一切构成了珍贵的回忆。

因为老姨来了，围着蓝色围裙的老姨一生未婚，她来我们家时已经是五十岁左右的年龄。也因为她的存在，我们有机会以孩子的目光，尾随她来到了小镇的深巷中。我们几乎是拉着她的围裙来到了她住的地方，在她天蓝色围裙下出现的石板路，之后让我领略了历史和时间两个词汇相交叉的地界。虽然我已在这座小镇生活了多年，其实，我并没有找到它灵魂藏身的地方。

老姨住在一幢老房子里，旁边是她的弟弟和弟媳一家人的世俗生活。旁边是无数烟尘织出的苍茫，这是充满人间俗世纠缠得苍茫，老姨就独自住一间房子，里面有灶堂、床铺等物件，她的一生就围绕着这一切生活在周转。

老姨做的凉粉和苞谷粑粑最好吃了，想念一个人总是有理由的。她在一些不经意的日子里，会给我们一个惊喜，用白瓷盆端来刚做好的米凉粉，或者用围裙包着几块刚做好的苞谷粑粑来给我们品尝。

当品尝成为了人类生活基本要素之一，自然界的任何风物、情趣都构成了品尝的内容。

凉粉是用大米制作的，尤其是在炎热的夏日，分享一碗老姨做的凉粉（里面有葱花、姜等可口的佐料），就像是身体中长出了许多荫凉的树，撑开了。还有那些香喷喷的苞谷粑粑，天啊，那真是人间的美味！尤其是当你用脚亲自走过了那条小巷的石板路以后，才知道这品尝中的美味，是从遥远的一道道帷幕中荡漾而来的，之后，你的品尝才有了更深的意味。

困了，闭上眼睛打盹的时辰，我们就在过去和现在中，驻守着一种永恒的规则。

电影的屏幕开启了另外一个世界的降临，有一天，马帮驮着装满电影器械的几十只箱子来到了当时的金官公社，这是一件多么新奇的事情啊！在金官公社那块空旷无比的草地上，他们在墙壁上升起了一块白色的银幕，对于我们来说，真的太新奇了。之后，附近的居民开始搬来了家里的凳子，我们加入了，以最快的速度就从家里按照看电影的人数搬来了凳子，并占领了离放映机最近的位置。

因为看露天电影，我由此知道了位置很重要，每个人都要有一个坐下看电影的位置，如果位置占领得好，看电影的视觉就很舒服。不知道为什么我想起了位置，当我写作以后，有了自己面对书桌的独立位置，生命在飘忽间需要有一个属于你的位置。它很像我们看露天电影，没有位置的人们就站在两边，人多了，两边的人流仿佛两股巨大的波流，会随同看电影时的剧情变幻前后左右涌动……时代给予了我们不同意义上的位置，是为了寻找到属于自己命运吗？

看电影的乐趣打开了我们的视野，电影中演员逼真的再现出了另一个我们无法企及的世界。在看黑白电影《地雷战》时，我们了解了在我们未出世之前国家的战乱，民族的危机以及战争中出世的勇士。在漆黑的夜幕下面，露天电影召集了如此众多的人，数不清的一双双夜幕之下的眼睛盯着墙壁上的那块白色的银幕，所有人的眼眶中都饱含着融入露天电影的热泪、惊奇和感动。从某种意义上讲，在那个文化生活相对贫乏的时代，是神奇的国家地理版图上出现的露天电影队伍，给俗世的眼神带来了另外一种充满悬念、幻境、历史、战争与死亡、搏斗与和平的另外一种伟大的想象力。

培植生命的想象力除了文化生活之外，有时候，哪怕是一道从高空而来的闪电，也会照亮最为黑暗的角落。

是的，我看见了银幕上的世界，电影汇集了音律、画面影像，最为重要的是人的表演，它使我开始以自己的目光去亲近世界。

有一个女人，跃入了我们的眼帘，小镇的人们都说她疯了，是的，她肯定是疯了。在上学路上，总是会看见她站在镇里四方街的小广场上独自跳舞，她年龄在三十岁左右，脸上有胭脂红，镇里的人说那看似胭脂的红是她用花瓣涂上去的。此外，她脸上还有青黑色，镇里的人说，那青黑色是用烟灰涂上去的。镇里的人私下说，她男人抛弃了她，另寻新欢去了，所以她疯了。

她会跳一种让我们眼光迷离的舞蹈，而且还自己吟唱着旋律。镇里人说，她的男人在镇里懂好几种乐器，所以，跟着他内心的那团魔幻的旋律走了。她因为跟男人在一起，身体中也同样收藏了好几种旋律，所以她会跳舞，还会自吟伴奏自己的身体语言。

尽管如此，她还是疯了，她是真的疯了吗？每次经过她身边，我又胆怯又想多看她几眼，有很多时间，她已经成为了我路上的一道风景。不过，这道风景有一天消失了，上学路上我再也没有看见过她。镇里人私下说，她跟随着足尖上的旋律走了，也许在空气中嗅到了她男人的气味，到远方去了。很快，她就被人们忘记了。

新奇的视觉中出现了金官公社的第一批女拖拉机手，她们就住在金官公社，在今天的我看来，她们是我见过的四个最健康的美女。她们每个人都很修长，梳着垂到肩膀上的两根粗辫子。我不知道她们是什么时候学会开拖拉机的，总之，在我一夜醒来以后，四个女人就开着四辆红色的拖拉机进了公社的院子。那时候金官公社的院子很大，露天电影广场的草地也很宽敞，外面的田野辽阔无边。

四个美女拖拉机手身穿牛仔色的女式工装服从车上下来时，我正背着书包回家。哇，太刺激眼球了，我开始有了第一个理想，就是想做一个拖拉机手。于是，我跟她们成了朋友，可以乘上她们的拖拉机到山上去拉石材。当然，只有星期天才会实现我的这个愿望，因为，我毕竟是背书包的中学生。

我坐在一个女拖拉机手旁边时，是我最骄傲的时刻。坐在高高的红色拖拉机上，我开始了人生的第一个理想，毕业以后，我要像她们一样学会开拖拉机，做一个女拖拉机手。之后，拖拉机开进了一座大山深处，我在里面见到了采石场。

从采石场上传来的声音，是我出世以来，倾听到的最为撼动灵魂的音乐。在隆起的石灰岩下面，我看到了一群采石场上的工人们，他们头戴草帽，手里握住铁锤，目不转睛，他们必须培养自己最为专注的习性，稍不注意，手指就会受伤。尽管如此，他们还是窥见了远处的四名穿着工装的女拖拉机手，她们已走下车来，采石场上的铁锤声开始减弱了，工人们抬起头来，以各种目光开始欣赏着不远处像野花一样绚丽灿烂的女拖拉机手。

直到如今，我仍然记得铁锤声减弱直到完全消失，四名女拖拉机的风姿消解了工人们的专注力。从那时候我就知道，阴柔之花具有无比强大的征服力。

除了四名女拖拉机手是我的偶像之外，还有最后一批知识青年的形象也同样吸引了我的目光。他们是从县城到农村的知青，因为我随同母亲住在公社，所以，经常有机会看见他们的身影，再加上我的小哥哥也属于最后一批知青，小哥哥也会带着他的知青朋友到家里来。

有一次，小哥哥驾驶着手扶拖拉机回来了，那真是一道风景啊！小哥哥车上还有两个知青朋友，他们风华正茂，正值美好年华。在那个时代，他们的行装神态体现了二十世纪七十年代末真正的风尚。总之，见到男知青我已经开始滋生羞涩感，而见到女知青，就幻想能像她们一样穿衣服。最重要的是我又滋生了另外一个理想，期待像他们一样去某一个乡村插队，做知识青年。

二十世纪七十年代末期恢复高考的机会首次降临到了这一批知青身上，我的小哥哥挎着军绿色的帆布包从乡村回来报名参加高考。这无疑是改变他们命运的时刻，我看见了带着泥土味匆匆赶回家来的小哥哥眼里的梦想，这梦想似乎在无形间推翻了我不久前滋生出来的那个理想。

在乡村插队的知青们纷纷赶回家报名参加高考……我知道，我还有一年也会像他们一样参加高考。我的梦破灭了，再也不可能像他们一样去驻守村庄……以青春的名义在乡村过一种集体生活，像农人般耕耘土地。

是的，我的两个梦都相继在时光中破灭了……小哥哥在那一年考上了大学，奔赴冰雪茫茫的北国。很快，我也开始参加高考了……七十年代末期的高考，非常艰难，因为招生名额有限，哪怕当时的学霸也就只能考上市区的师专，我感觉到大学的门槛离我很遥远。高考结束后，我就参加了工作。这是命运的安排，对我这样的人来说，是命运最好的安排。

工作了，在一个水电系统的单位上班，做一名打字员，而且所打材料均是水电工程师的设计书。敲击着二十世纪八十年代最古老的键盘时，最大的享受就是有一间独立的办公室，工作后最自由的事就是拥有了一间属于自己的房间，那一年我才刚进入十七岁。

几个差不多同一年龄的女孩子统一住在一栋古老的楼上，每人分配到了一间十平方米的小屋……这对刚进入八十年代的我们，无疑是一件幸福的事情。自我开始显形露相的同时，书籍开始召唤我。如果没有遇到书籍，我的命运该趋向哪一艘航船？

其实，在之前，我的阅读生涯早就秘密地开始了。纸质书，事先出现在小哥哥的单人床底下。那是一个偶然，我手中的苹果掉了下去，滚到了小哥哥的床下，我蹲下去，将半个身子探进去，当时我已记不得我要找的是什么东西了。

手往床下伸去时触到了灰尘，在我们的世界，灰尘无处不在，它陪伴我们，是为了让我们看见尘埃落定，风华岁月交织。尘埃处必有惊喜，因为只有在尘埃中谷物才能生长，火车才能奔跑，飞机才能腾飞而起。我触到的尘灰中有一只纸箱，而且还用绳子捆绑着，这是什么物件呢？被好奇所推动着，我就将纸箱拖了出来，并解开了绳索。

生命中的一件大事又一次垂临于我，在解绳索时，似乎已经预感到了有什么事将以此改变我的命运。所以，我的手指仿佛充满了闪电，以闪电般穿梭而来的光束迅速地将手伸向绳索，就这样，当绳索全部从纸箱上滑落时，那些伟大的纸质书，那些孤独而寂寞的世界名著突然打开了我朦胧眼底世界的天窗。

我并不清楚那一纸箱书是在什么时候藏在了小哥哥的床底下，难道它们是在等待我的发现吗？我想是的，所以，我从来也没有追问过小哥哥那床底下的一纸箱书，到底是从哪里来的？

就这样，这一纸箱书被我秘密地转移到了我的小床下，在那个忽儿白、忽儿黑的世界里，床底下或许是许多伟大奇观的避难所。我盗走了小哥哥床底下的纸箱，我同时盗走了我的影幻，它是时间的一部分强有力的证据。那一年，我才十一岁，犹如一朵生涩的蓓蕾，不过，我已经拥有了对于神秘世界的追逐力和好奇心，正是它们使我冲动而又理性，所以，我将上苍垂临于我的一箱世界名著藏在了我年仅十一岁的床底下。

之后，每到一个闲暇的时刻，我都会屈膝而下，将身体趋近那一箱书的位置，从那一时刻开始，我就感觉到了人世间总有一个秘密的声音在召唤我。

是的，秘密，唯有秘密，来自词语中的秘密，是我们这个变幻无穷世态中的一条漫长的、永无止境的河流。

寻找到了书中的词语，便开启了人世间的秘密。书，亲爱的书，后来，我自己开始写书，命运就这样与词语相厮守。

针线活也是我喜欢的，我经常穿针引线——那时候的视力是多么好啊，用一根纤细的针，我可以挑出不小心抱柴火时插进手指上的一根刺。劈柴永远是小哥哥的事情，他从十二岁开始就可以坐在凳子上劈柴了，在二十世纪七十年代，电器的革命尚未降临，所以我们用一个火炉做饭，山里的人将晒干的木柴背到小镇集市上卖，每隔一段时间，母亲就会上集市买回一捆柴火。山里人用麻绳背着一捆干柴，他们要从高山上走到小镇上来，唯一的目的就是卖掉用肩背来的那捆干柴。当干柴卸在墙角时，母亲掏出一块钱递给了那个山里的卖柴人。

我生命中的这个场景总是随同货币的变革，自然的生态以及家电业的发展飘忽在眼前：那个穿着草鞋的山里人，从母亲手中接过一块钱的刹那，他的眼神突然变得明亮而满足。而我们当然也获得了拥有柴火的安心，之后，必须将柴火一根一根的劈开，才能适应那只炉子的燃烧。

年仅十二岁的小哥哥在父亲不在家的现实中，充当了男子汉，坐在一只小凳子上劈柴，他挥舞着一把柴刀，笨拙而小心地劈开了已经完全风干了的木柴。直到如今，小哥哥挥舞铁器劈柴时的声音对于我来说，仿佛并不久远，它就发生在眼前：一些劈柴时飞起的碎屑会从空中落下来……当小哥哥劈完一堆干柴后，他会嘘一口气，一个男孩承担的责任终于完成了，剩下的事就留给了我。

无论是在潮湿的雨季还是冰冷的秋冬季节，待哥哥劈完干柴以后，我就开始弯腰将一堆干柴整齐地拾出来，将它们堆集在墙角……这件不重不轻的劳动，使我培养了做事的缜密，我们从不经意的劳动中获得了通往未来的某种潜能。当我有一天将书一本本地堆集在书架上时，我再次想起了堆集柴火的场景，它们都是有延续性的。

来自现实中的任何一桩事，都为我们的人生积累了经验，只有学会做每一件小事的人，才可能在通往未来的路上，经历命运赐予你的各种礼物。

那只火炉让我们学会了将生米煮成香喷喷的大米饭，而那些来自大山深处的干柴，则让我的小哥哥学会了劈柴，让我学会了堆集柴火的技能。我们生命中的每一件事，都充满了乐趣，它将影响我们的潜能，增加我们从劳动中获得的快乐和技能。

青 春

一个人的秘密世态开始了，它终将开始。只是时间的迟早而已。

书，以此质朴的影子飘到了我身边，一本书，替代了无数风雨和世间的聒噪，终将陪伴我的年华，这是命中注定的。上初中时，我几乎被那箱子里的书陪伴着，里面有作家康·帕乌斯托夫斯基的散文《金蔷薇》和米哈依尔·亚历山大维奇·肖洛霍夫的长篇《静静的顿河》……当然还有《野火春风斗古城》《青春之歌》等中国作家的作品，以及普希金的诗歌。

这一箱子书对于我来说，确实是偷来的，是从小哥哥的床底下偷来的，我是一个盗书者吗？我有一种轻微的羞耻感，但取而代之的是那箱子书给予我的快乐。将书背进书包时，意味着一种危险的读书生涯的开始。

除了喜欢上语文课外，所有的课程对于我来说，都显得心不在焉、很漠然的样子。书在包里，我开始在数理化的课堂上偷偷地读小说，当然，这是一种危险的行为，对于学生身份的我来说，这同样也是一种不良习性。尽管如此，书，对于我来说就是一团火，它开始点燃了我生命中那些沉滞的冲动和激情。同时，书，也是一片看不到尽头的瀚海，我已身陷其中，不管多么危险，也要在课堂上读书。

或许，正是这些书籍帮助我抵御着枯燥乏味的课程，从那一时刻，我的读书生涯已经开始了。各科老师大约发现了我在课堂上不专心听讲、偷偷看书的事，但他们只是巧妙地暗示我纠正不良行为。而行为，则是受心灵所支配的，那箱子里的书，仿佛已经跟我达成了默契，我们总是要见面的。

因为书，我初中到高中的生涯过得很快，而转眼我就工作了。有了一间自己的房子后，就可以支上书架了，我的阅读让我认识了新华书店的女孩杜玺，她是一个身材修长、皮肤柔润的女子，我们几乎是同时参加工作。对于我来，能在新华书店工作的人是最幸福的了，因为可以在第一时间看到许多新书。

第一时间意味着将书放在新华书店的柜台上，伴随我的心跳声。开始时，我站在早起的队伍中排队买书，那是一个怎样的时代啊，没有互联网，也就没有手机游戏。你明白的，没有互联网，人们就会像古代的人们一样寻找打发时间的事情，其中，读书、看电影等就会使人们填写心灵的角落。

二十世纪八十年代确实是一个读书的好时代，就那座滇西小县城来说，每到星期天的早晨，排队买书的人已经从书店门口的台阶，排到了古老的街道口。杜玺先是在人群中发现了我，她目光明亮地暗示我到柜台前，于是，我听到了她的耳语声。

耳语声告诉我说，今后所到的新书，她都会为我留一套，这样我就不用大清晨排队买书了。这耳语犹如春光，使我心花怒放。用不多的工资来买书，每个周末，我都会悄然走到书店的柜台前，得到一套新书，一个言之不喻的惊喜。

我读书，在一座县城中开始了写作。起初的写作，是写在信笺纸上的，没有人教我用什么样的纸写作，先是一阵冲动，我就从县城的百货公司买来了信笺纸和钢笔。这两样东西是为写作服务的，但对于我来，它又是私密的。

所有源自生命的爱好起初都应该是私密的，因为它带着忐忑不安的幻想，不需要公开它，因为它还是一个十分幼稚的幻境，有待时间锤炼。

拉上布窗帘，还在少女时代，我就喜欢布的质感，一块柔软的布，可能更适合我的触感，因而，窗帘采用了一块淡蓝色的布。房间有布帘后，私密性就产生了，我们一点点地接近世界的同时，也寻找到自我。

人，需要自我，是因为无数亿光年的磁光，历练出了人的本性。这本性各不相同，它需要在浩瀚的宇宙中找到自己微不足道的一点点足迹。

第一次写在信笺纸上的小小说三千字，被县文化馆的画家刘汝璋老师带到丽江，推荐给丽江的《玉龙山》刊发了。那一年我十八岁，同时我的诗歌邮寄给《人民日报》副刊后，也发表了。

发表作品在那座小县城掀起了一些浅浅的浪花，人们开始私下传说我写的作品。一个人的写作就这样开始了，写作，就像面对一面镜子，你突然发现了自己最为真实的容颜，你端详自己就像发现了一块一块新大陆，如此的神奇啊！你想擦干净镜面，完整地审判自己，给予自己内心信念，暗示自己通往那片新大陆的航程已经开始了。于是，你铺开了信笺，拿起了钢笔之后，看见了方格稿子和二十世纪八十年代的笔记本。

你很庆幸，从十七岁开始就分配到了一间属于自己的房子，那房子是因为你进入了单位的人事档案而分配到的房子，用来让你居住。而你却用来收藏书籍，兼做私密写作的空间。

游离开镜子的画面，你仿佛就真的已经开辟了一片新大陆。我和你的称谓互相交错呈现，当我仅仅是一个自我时，我是孤独的，而我一旦看见了你以后，你就成了我的另一个影子和替身，你可以替代我进入那片新大陆……或许这就是写作的故事。自此以后，我和你将讲述因为写作而发现的那片新大陆。

好了，让我们开始吧！县城，是中国版图中的区域，我们的写作是从县城开始的，也就是说，我与世态的亲密也将重返县城。又是若干年以后，我完成了长篇小说《县城》，我的写作成长注定与小镇和县城有关，而我的青春，从十七岁后开始的青春，就是萦绕在县城的一曲咏叹调。

我是县城第一个穿喇叭裤的少女，那正是流行喇叭裤的年代，一切流行或许都是从衣饰的变化开始的。我身穿一条橘红色的喇叭裤，融入了流行的风尚之中时，已经开始了写作。

县城最为核心的娱乐中心在电影院门口的台阶下面，那是电影盛行的时代，我的电影故事终于从露天电影移到了电影院。影院从来都是让人忘却现实，却又走进另一种现实的形式，先是无声电影，人们通过没有声音的银幕与电影表演者们走得更近。后来，电影有了声音，电影的各种功能帮助人们更能艺术化地感受银幕。银幕中有演员、背景……所以它显得真实而又遥远。

我的青春进入了二十世纪八十年代，在电影院外，每到落日余尽时，前来观看电影的人陆陆续续走到电影台阶下，不远处是图书馆和文化馆，还有民主广场。县城所有的文化布局、娱乐天地均在这里发挥余热，民主广场起初用沙石铺成四方形，后来又改进有了两个篮球场，文化馆、图书馆是我当时最为向往的地方。因为自写作以后，我就滋生想调离原单位的念头。每次途经民主广场就忍不住往文化馆和图书馆的方向看一眼。其实，我原来的水电单位就斜对着电影院，走五六分钟也就到了文化馆和图书馆。

那时，文化馆和图书馆是两栋比邻相接的建筑，对于年仅十七八岁的我来说就是两座神秘而宏伟的宫殿。而且，我因为到图书馆借书，每周都要进入两栋建筑中，里面有很多盆景，文化馆有画家、戏剧歌舞表演家、文物研究家、音乐人。所以，只要是进入文化馆，就会看见有人在院子里拉小提琴，有人在培训乡镇文化使者。其中，国画家刘汝璋老师对我的影响很大，他不仅是第一个背着我第一篇小小说，在出差丽江时，将小小说推荐给当时丽江文联创办的《玉龙山》的人，也是经常在我出入文化馆时，与我交流文化艺术的人。而且我还有机缘经常观赏他铺开白色的宣纸，绘画书写……刘汝璋先生的艺术生涯一直在延续，直到今天他还在绘画书写。

图书馆永远是我的天堂，自从世间有了图书馆那天开始，众生就有了享受天堂美景的现实和梦想。图书馆于我，从见到它的那一刻开始，就是心仪的恋人，心灵的归宿。在看见图书馆以前，我是一个狂野的孩子，恨不得在滇西盆地之上的丘陵，追踪上半空中飞翔的所有蝴蝶，恨不得把小哥哥床底偷来的一纸箱书籍全部吞噬到身体的某个部位，收藏每一本书的奇妙世态……而当我走进永胜县图书馆以后，很像一个迷途的羔羊，显得不知所措。

人，总能在时态的变幻中见到你过去未曾产生过的梦幻，因为时间之神总是护佑着我们。有些事，有些物，有些人，只有在该见的时候才会相遇。

终于有一天，我接到了调函，离开水电单位，到文化馆上班，心情顿然大喜。这是我因写作而改变命运的第一步，时来运转，总是在每个时间段，遇到该遇见的人。

丽江文联《玉龙山》的主编王震亚老师，是我开始写作时对我帮助影响最大的人，每次当他出差到永胜，都会问我写作的状况，而且问得很仔细，包括我平时在读什么书等。他用地道的四川话跟我谈论写作和读书的关系，同时建议当时的有关部门，让我有一个更好的写作环境。

我终于来到文化馆上班，在电影院、民主广场之间，我有了新的单位。这个人事的转换，让我从此以后不用再敲击那台八十年代流行的打字机了。尽管如此，我仍然怀念水电工程的设计方案，在方案里我看见了沟渠水道的原生态，我同时也看见了湖泊江流的尺度。

世界以尺度为标准，只有接近心灵的尺度，我们才能控制好自己的欲望。

电影院卖票的女孩叫春花，这是一个非常好听的名字，当时买电影票同样是需要排队的。当然，排队是一种秩序，只有学会排队的人，才能培养自己的某些规则。但因为总是没时间排队，每到放新电影之前，我都会给春花姑娘打一声招呼，让她给我留几张新电影的票。我和春花毕竟是一块长大的，她父母原来是金官公社供销社的职工。小时候，我只要有零花钱，就会跑到她父亲卖红糖烟酒的店铺里，用五分钱买一根棒棒糖。当时我很羡慕春花姑娘总是守着店铺的生活。

因为走后门，春花姑娘总是会为我私自留下几张电影票，当时的电影票好像是两角钱一张。留下的电影票是跟原来单位的几个女友看的，虽然她们的职业爱好都跟写作没有任何关系，然而，她们却都是我那个阶段最要好的朋友。我们曾在同一年参加工作，又在同一个时期分到了单人宿舍，而且都是每天早上六点半准时晨跑的。我们几个人建立了一个女子看电影团队，每次看电影都坐在同一排。

电影院的故事很多，我经常手里捂着票，站在几十级的台阶上等候女子看电影团队的到来。这时候，我身穿流行的喇叭裤，红色或黑色的高跟鞋。一头自然卷曲的黑发披在肩头，人们都说我漂亮，而在我看来，每个青春期的少女都很漂亮，我们女子看电影团队的每个人也都很漂亮。

电影院看见的基本上都是熟悉的面孔，因为县城很小，哪怕是陌生人，多看几眼后也就慢慢地熟悉了。多个面孔总会在街巷中相遇，尽管身份命运不同，都会相互点点头。所以，在电影上演之前，在显得有些暗淡的光线中，家庭组合、单位同事组合、恋人组合、单人组合看电影的人们都会涌进电影院。还有很久不见的人也会在电影院出现，几分钟以后，电影开始上演，银幕前的人在看电影，大家都悄无声息，似乎完全地融入其中。电影在很长时间内，都在伴随着我们成长。

能感觉到在分秒时间中，树冠变红了，蓝天上的白云游走了，有人已经开始手拎录音机过来了。喇叭裤一夜之间变成了港裤，录音机首次在县城出现，那个手拎黑色录音机的青年人，身穿米黄色港裤，头发成浅波浪，突然站在门口敲门。

年轻人喜欢音乐，他站在门口，目光温柔，进门后，他打开录音机让我听邓丽君的歌曲。邓丽君是台湾歌手，当然是一个陌生的名字。邓丽君确实很陌生，包括她的声音自然也很陌生。

年轻人在县运输站，开一辆波兰大货车，他一坐上高高的波兰大货车就很吸引人。那年月，凡是掌握方向盘的青年人都会给县城的女孩子带来幻想。一种关于速度的幻想，当货车朝前驱动，车轮下腾起一阵灰尘的速度，给我们这群困守县城，正在青春期的女孩带来了车轮下滚滚红尘所游荡而起的速度。

正是这速度让我与邓丽君相遇了。开波兰大货车的青年人简称 A，他给我带来了录音机，在几个平方米的单人房间里，我们开始分享邓丽君的歌曲。邓丽君是一个新奇的名字，她的歌声轻柔，嘴里的舌苔下仿佛有甜味、薄荷味、夜色苍茫的味道。第一次听邓丽君的歌曲，内心有一种迷离感，就想抓住某种东西或者迷失自己。

迷失自己，其实是一种情绪，从录音机里发出的声音，几乎完全笼罩了聆听者，可一旦你打开窗户，面对世界时，除了聆听邓丽君的歌曲外，我们的青春还需要另外的召唤。

上山的路，也是寻访自然的路，我们正沿着县城上山的一条路往上走。我和县城几个学绘画的男生发现了通往山顶的一条路，所有的路都是人走出来的路。青春期的探索让我们往山上走时，发现了彝族人居住的地方，那高高的山顶中散布着黑色的羊群，寨子就坐落在山顶下面的平地上。

那块平地从四周隆起的山顶中凹下去，四周的岩林形成了天然屏障，这是国家版图上的一片小小领地吗？它实在太美了，美得让我们有些喘不过气来。这一刻，我们几个人似乎发现了另一个世界的奇妙。

一幕幕场景出现在眼前：头顶水坛的彝族妇女，身穿白色宽大的百褶裙出现在那片领地，她们赤裸着脚，皮肤青铜色；男人们着一身纯黑色布衣，衣裤均很宽大，头上套着圈成圆顶的黑色饰品。有的男人正在劈柴，有的男人正坐在家门口的大石头上吸着长烟杆，其场景充满了这片土地安详的世俗生态。

年轻的画家们屏住了呼吸，坐在这片领地外围的森林中开始绘制水彩、速写……那时候，我还没有学画画，但我已经是一个写作者。美学开始在我内心游荡，它的原生态与我出生成长所观世态的现实相关。我们的现实很诱人，尤其是在我们的青春时代，整个身心都渴望着新鲜事物，哪怕从眼前飘过的一朵云，也可以替代我们的身体去探索世界。

美学的渊源，打开了入口，我们狂奔而去，仿佛森林中的小精灵们扬起四蹄，以自己无畏而天真的勇气，踩着云端下到人类的秘密路径，除了觅食，也在增长自己生存的智慧。

坐落在大山深处这块小盆地上的彝族人给予了我们审美的情绪，首先是他们的服装，妇女们的白色百褶裙，上身配黑色的外衣，头戴黑色的帽子，帽子上系着彩色的饰品，男人黑色衣裤，这是一个沉迷于黑白色的民族。再就是他们的房屋，全是用圆木搭成的结构，包括屋顶同样是用木板铺平，为了防止风将木板吹落，便使用原始的石头盖住木板。

再说他们的饮用水，是用木水槽从山顶接来的，在云南有一句话，山有多高，水有多高，纵然高山险峻，却总有水源密织。因此，我相信从水槽中流出的水就是从山顶的某处繁衍而出的，又仿佛繁衍术一样，水同样繁衍着它们的晶莹剔透，以此开启了流速。

水的流速仿佛黑白钢琴链盘上手指划过的声音，站在从上空架到村寨的一条水槽边，哪怕你并不饥渴，也想弯下腰去饮水，舌苔上的水甘甜得犹如从某个世纪的城堡中涌来的秘密之泉。这座彩云下的村寨或许是我记忆深处的原形，村口岩石上站着的长老，披着黑色的大披风，仿佛是祭司，又像是史迹中曾经出现过的某一位先知。这个世态使我们的青春中突然间飘过了荞麦的青涩味……

循着诱人的荞麦味飘来的方向走过去，我们看到了村寨外犹如层层梯田的山坡上种满了青绿色的荞麦，还有已经绽放紫红色花朵的土豆，土豆在整个云南地区又称洋芋。后来，随着阅历的增长，我才知悉土豆是地球人最喜欢的食物，也是一种没有任何国界的食物，全世界发现了烧制土豆的多种方式，将这种埋在土地深处的食物送给人类品尝，使其味蕾获得欢愉。

而在这座山寨，乃至整个云南的地图上的人们，发明了一种最为原始的方法，就是将一个个土豆埋在火塘的灶灰里……

就这样，我们在这座山寨的火塘边品尝到了刚从灶灰中刨出的一个个土豆。其味道之香，确实让我们获得了某种喜悦和满足。

这是我们艺术人生的初始，我们几个人背离了乡村公路，独自寻找到了这条小路，从而寻找到了美意。多少年以后，当我开始在亚麻布上画油画时，顿然间想起了山坡上荞麦飘浮的色彩，紫色土豆花绽放摇曳的场景，成为我生命中一幅不断回忆的景观。

就这样，在接近云南地图的领地，我们在火塘边度过了一夜。这一夜，除了在山寨中看到了满天的星宿，还在火塘边喝到了苞谷酒，品尝到了灶灰烧制的土豆。

总是在服饰变化中体现出了一个时代的前进，突然有一天，一对年轻的上海裁缝来到了县城，他们是乘长途客车来的，手里拎着箱子，他们手里的箱子虽然不是皮的，却显得很摩登。这对上海男女在县城的老房子租下了庭院，门口很快挂上了上海裁缝店的木牌。上海，对于县城人来说，无疑是一座遥远的幻想。现在，上海裁缝来了，挂起了门牌，无疑正在召唤着那些喜欢时尚服装的青年人。

上海裁缝店里挂满了一匹匹从外地发来的各种质地的布料，我们雀跃中奔向裁缝店感知量体裁衣的过程，不到一个星期，新衣服就穿到了我们身上。青春总是要追求时尚，这对上海裁缝听说是为爱私奔而来的。

私奔，这个词出现在滇西小县城，就像邓丽君的歌曲从手提录音机中荡漾而出，我有一种无法说清楚的感觉，人生总是无法说清楚的，当你无法说清楚一些离奇的故事时，对我而言，就产生了写作的冲动。

在一些孤寂的黄昏，我掩上门将台灯打开，只需要一盏灯就可以照亮我的世界吗？写作的冲动使我翻开了笔记本，一些分行的句子从黑色纸质的笔记本中展开，仿佛想揭开隐藏在我身心中的那些称之为语言的枝蔓。它们挡住了我的额眉，到时候了，某个时间的契机使笔尖下流出了词语。我早些年喜欢蓝墨水，这是天空和海洋的蓝。

世界是因为从痴迷某件事而开始创造的，没有百分之百的痴迷，就无法进入黑暗的洞穴。我们曾去探访永胜县城外的一座仙人洞，云南的地质概貌对于我来说，在世界上是唯一的、不可复制的。就像痴迷者的艺术情绪也是无法复制的。

从钢笔中流出的蓝色句子，分行以后就成为了诗歌，有很长时间，我只写诗歌；有很长时间，我最快乐的事情就是将钢笔吸上蓝墨水，之后，再将它们幻变为诗歌。也就是说，女诗人这个称谓是从永胜县城开始的，我喜欢这个称谓。在分行的句子下，我不仅是请租住在县城老宅里的上海裁缝铺量体裁衣的女子，我还开始了诗歌的痴迷写作之旅。

当然，除了写作，还谈论爱情。在二十世纪八十年代的年轻人，是正儿八经地谈恋爱的。所谓恋爱，从古至今，很像是一只只飞蛾的命运，带着赴死的热烈的躯体，去跟燃烧中的火焰赴约。

县城中的少男少女到了十八岁左右就谈恋爱了，有些是自由恋爱，有些是靠媒婆牵线接上头，相互见面以后，有好感就会自由来往……我周围的男女好像谈恋爱相对都很早。

这很正常，在一个没有工业文明冲击的世界里产生了两种现实。其中一种就是产生作家、诗人、艺术家的好背景，因为没有太多工业文明噪音的喧嚣，从而产生了作家、诗人、艺术家的原始激情，这激情进入轰轰烈烈的二十一世纪互联网时代，显得越来越薄弱。而在二十世纪八十年代，却让作家、诗人、艺术家们获得了自由的想象力，这想象力勃起犹加万物根须，盘桓于神秘的时间磁力中，引导我们的灵魂向上。

再一种就是该恋爱的时候就恋爱，这在八十年代是一种现实：那时候好像县城的街巷中都飘忽着青春少男少女的身影，青春的年龄占据了整个八十年代。当春情萌动，求偶者们便开始了窃窃私语，恋爱的人们除了成双成对地看电影外，还有另一番场景：青年男子骑着自行车载着女子沿着街巷奔驰，男子脚蹬自行车的速度都很慢，女子轻声低语，男子不断地回过头看一眼双眸含情的女子。

我也在谈恋爱，但并没有投入太多的烈火，因为仿佛有另一个未知的世界在召唤着我。

那个未知的世界在哪里？正当县城中的男女不断地举行婚礼，我是某位亲密女子的伴娘，也是游离于婚姻之外的人，冥冥中总有未知的声音在召唤着我。

他或他，构成了几个男子的形象，在某些时刻，我们的手闪电般地接触，之后又分开。婚宴离我很远，在筑起的墙垒之外，在辽阔地平线的尽头外，我仿佛看见了我的宿命。一个中央美院油画系的男子来到了永胜，他年长我六岁，向我伸出手来，他的手翻拂到了我笔记本里的诗句之后，他有些惊讶地看着我。他是来云南写生的，在那个年代，他的到来使我看到了艺术的另外一种色彩。短促的机遇后，他离开了，给我寄来了《凡高传》《邓肯自传》《亲爱的提奥》《月亮与六便士》等。

在县城，这几本书对我的影响很大，在那个丰盛雨水将县城洗得很干净的日子里，我的生活中有了凡·高和提奥，有了邓肯，有了寂寞的忧伤，以及对新世界的向往。

我说不清楚到底跟谁真正地发生了恋情，每个人的降临，似乎都是一场场偶遇，之后，等待我的是火车站。终于有那么一天，我决定为我的青春秘密出走。那是一个没有互联网的时代，在渺茫的日子里，我带着青春搭上一辆从县城到昆明的长途客车时，我迎来了黎明。

客车停在属于宾川县境中牛角小镇外的小饭店门口，这正是烈日炎炎的正午时光。我下了车，乡镇公路两边长满了仙人掌，除了有仙人掌迎着烈日在生长外，几乎就看不见其他任何植物了。花五毛钱买了一碗饭、一碗菜汤，解了饥饿后继续上车。客车的速度就像蚂蚁的缓慢迁行，我坐在窗口边，看看窗外景色。

除我外，车厢里的人都在打盹儿，他们似乎很喜欢这种慢速度；除我外，他们都进入了慢速度中的另一种梦乡，我很羡慕他们在白天也能做梦，超越现实。

我观车窗外的田野时，看到了懒洋洋的水牛栖在一棵大榕树下，看到了耕田的农夫躺在水牛旁边午休。这是一片少雨的地域，但土地肥沃，如果能在将来的某一天引来水源，必会诞生一个丰茂的果蔬盆地。

我爱窗外的世界，无论多么荒芜的土地，都会荡起我内心的灼热。我以这微不足道的灼热，用视觉丈量着那些闲置的庄稼，干燥的热风。终于，客车在黄昏前夕抵达云南驿。

我喜欢云南驿这个地名，它是古往今来一个著名的驿道。客车开进了云南驿路边的一座旅馆大院时，我的胃又开始了饥饿，下了车去登记旅馆的房间，那时候还没有身份证，但有单位开的证明。这是一张盖了单位公章的证明，从这一天开始，证明很重要，否则就无法住宿。我登记以后跟五个女人住一间房，先到一间有锅炉的房间里洗漱。不分男女，巨大的锅炉中燃着煤炭，给我们的出行带来了温暖，随意洗漱以后，最想做的事情就是尽快找到自己房间的床位。

旅馆里的被褥散发出很久未洗的味道，但那个时代的人没有理由去挑剔，能找到旅馆房间的床位已经就很知足了。就着充满异味的被褥躺下去，每个人似乎都和衣而睡，最后躺下的人要熄灭吊在房顶的那盏白炽灯泡，我听见了那个妇女拉绳子的声音后，灯就灭了。

是的，灯就灭了，这似乎是我头一次跟几个陌生妇女同室。她们的睡眠都比我好，很快就听见了她们各种各样的呼噜声，她们的声音无疑也是催眠曲，我最后一个进入了梦乡。那一夜的梦乡，完全是模糊的场景，你看不到任何面孔，也看不到事物的真实模样，所有的一切都附其于身，又都抽身在外。在一个荒谬的世界里，我们的自我，正跟随无法言诉的混沌和幻境前行。早上六点半我们起床了，在旅馆里匆匆吃了一碗米线又上了客车。

这次出走我没有告诉家人，事前在单位请了假开了证明，这是必需的规则，因为没有证明就无法住宿，也买不到火车票。客车向着我内心向往的省城继续以慢速度行驶而去。之后，又迎来了黄昏，客车终于抵达了昆明。下了车，我以人生中不可思议的速度又奔向了火车站，似乎我不会疲惫，唯一想用手抓住的就是一张火车票……

我竭尽全力地奔跑，终于在一趟绿色火车即将开出的十分钟前，在昆明火车站的售票口获得了一张火车票，当服务员将那张站票递给我时，她仿佛是我的神。我再次不可思议地奔跑，通过了检票口，奔向了站台，奔向了火车车厢，当我刚抓住车厢中一个扶手时，火车就开始向前滑动了。

多么悦耳啊，那车轮下卷着机油味的滑动声，它载着我的青春向未知的远方奔驰而去。

出发

绿皮火车车厢内，我将座位的一角当作扶手，车厢中不仅我没有座位，很多人都没有座位。有人在旁边嘀咕说我长得像刘晓庆……话语声很快就过去，刘晓庆是我们那个时代的明星，很漂亮。我并不介意这种评论，我还是高兴的，因为刘晓庆很美。这种嘀咕声仿佛使车厢中的异味缓解了些……车厢中站满了无座位的人。

异味通过车厢中每个人的身体向外喷涌，通过皮肤、口腔、携带的物品直接流通于每节车厢，还有从卫生间流出的未冲洗干净的粪便味，人们吃东西时的味道。总之，你只要乘过一次二十世纪八十年代的绿皮火车，你就会想成为一个小说家。想成为一个小说家的冲动，使我观察着每个人的面孔。当那些异味冲击鼻腔的时间长了，似乎也就习惯了，在火车车厢中的每个人似乎都习惯于等待。

他们和我唯一的等待都趋向一个共同的目标，那就是等待到站后有下车的人将空位置留给我们。所以，这等待火车车厢中座位的心情，就像一个小说家开始了叙事，我就是在这一节一节的车厢中行走穿越时，滋生了做一个小说家的梦想。车厢中有吸香烟的人，他们偶尔会将烟灰弹向窗外，因为人多，车窗都是敞开的。

我喜欢火车途经某座小站的时辰，当车轮开始以咏叹调的慢向前滑行时，这意味着要到一座新的小站了。随同列车广播员轻柔的声音，我们的心开始兴奋起来了。抵达，这个词汇突然使我产生了一种莫名的忧伤和喜悦，两种情绪相互交织，终于，火车停下来了。其实，在火车停下来之前，人们已经涌到每节车厢的车门口。

当车门打开，人们奔向站台，手拎行李箱的人已经到站，结束了行程，而那些两手空空者，则是为了下车买零食。八十年代，物质生活已经开始回升，站台上有人叫卖香烟、啤酒、烧鸡、花生、煮鸡蛋、香瓜子……是的，物质生活会取悦味蕾和心情，消解人的寂寞、无聊和等待。

终于等来了一个靠窗的座位时，心情大喜，当背倚靠于座位，将目光投向车窗外面时，那景色就像电影胶片般变幻着。绿皮火车车厢终将把我载向另一个陌生的城市，当我拎着箱子走向站台时，心里却空空如旷野，不知道走向哪里。

海洋出现在我面前时，我才明白，此次出走，就是来寻找大海的。云南没有海，但有许多著名的淡水湖泊，比如：滇池、洱海、程海、抚仙湖、龙湖……海洋是看不到尽头的，从陆地走向海洋，对于我来说，是一种期待中的景观。

赤脚在海湾行走，让我想起了高更的塔希堤岛那些土著人生活的地方。海洋那么湛蓝，高更找到了艺术的主题，楔入这座岛屿的世俗生活，绘下了属于他生命的塔希堤岛系列绘画。在他的画卷中出现塔希堤岛的男人或女人，闪烁着原始而充满小野兽般的光泽。

如果寻找到一座海洋中的孤岛，我会留下来吗？赤脚行走了漫长的一片海湾，最后又不得不原路返回旅馆——我还太年轻，缺乏高更似的冲动和激情，更重要的是缺乏告别文明世界的勇气。对我来说，只有返回原乡，沉濡世俗，才能寻找到我人生的方向。因此，我又乘游船来到了广州……南方海岸线上的又一座美丽的城市，对于我来说似乎只是外省人的世界，我无法融入，很快就乘着绿皮火车返回了云南。从这一刻起，我似乎安静了一段时间，出走除了让我学会乘火车，看见了大海，在充满各种异味的火车车厢中感受到了世界的混沌和人们对于目的地的期待之外，也使我突然间再次感受到写作者对于孤寂的期待。

寂寞，是写作者附在身体中的最大权利，它使写作者该离开喧嚣时，自动的潜游在自己的世界里——我很幸运，从写作的那天开始，我就有了独立的房间，这是上苍赐予我的最佳礼物。

寂寞融入房间，就像水一样清澈，又像雾一般笼罩，我又掠开了屏障。

这寂寞不仅培养了我独立面对语言的时空，同时也让我诞生了新的幻梦。青春，我们这一代人的青春，也就是整个二十世纪八十年代的青春，这一代人称之为最后的理想主义者。

一个梦诞生了，这一年我已经二十四岁了，在经历了寂寞、出走、恋情等青春期的现实之后，突然有一天，产生了沿黄河流域行走的梦。我将这个梦告诉了海慧，马上激起了她对黄河源头的向往，她说，她可以休学一年，陪伴我开始这趟旅行。我们除了是最后的理想主义者，同时也是践行者。行走黄河流域的梦想开始在 1986 年实施。我们的行动获得了当时许多人的支持。海慧在学校很快办好了休学一年的手续，而我则在单位请好了一年的假，在这一年中无任何工资——这意味着我们将开始清贫的长途旅行。

1986 年我刚进入二十四岁，海慧十九岁—— 一个属于青春的年华，我们却开始了向西部出发。之前，我们准备了两个背包，军绿色的大背包，很像军人肩上的背包，当然，我们为梦而出发，也应该是一场战役。我们的包中有指南针、手电筒、简易相机、药品、针线、少量的衣物。

那年春天的黄昏，我们乘上开往大西北的火车，嗅到在短暂的青春里我们对于火车的向往，无疑就是对于自由或未知生活的探索，我不知道为什么要竭尽全力奔赴黄河源头？总之，我们奔向了昆明火车南站，那时候，火车站是最热闹的，前来送行的文友们在站台上，朝我们挥着手。告别，是必须的练习课，人置身告别中，仿佛身体又长高了。因为告别之后，我们翘望着远方。火车奔驰而去，事物在窗外变幻无穷，并不是我们长高了，而是车窗外的视觉将我们的长旅载入了辽阔的地平线。

我们需要地平线，就像一个牙牙学语的孩子，需要一个词语。只有看到无穷变幻中的地平线，生命才会感知渺茫。向西北奔驰而去的火车窗外，呈现出了与大西南完全不一样的风景，窗外的山色变得雄浑、深沉，几夜以后，我们来到了西宁。带着省作协开的证明，证明放在一个铝盒中——旅途漫长，唯有这张证明，可以证明我们从哪里来？将到哪里去？对我们来说，这就是通行证。

我们从哪里来？将到哪里去？青海西宁空气新鲜，街上有云彩的气味飘过，也有牛羊肉的味道飘过……那时候的物价都不高，在仍然寒冷的春天，坐在青海西宁的小吃店，吃了一碗牛肉拉面，身心都很温暖。

在来西宁之前，已经私下读了诗人昌耀的许多诗歌，在即将见到昌耀之前，我很激动，昌耀的诗在八十年代仿佛大西北的神秘在召唤着我们。

昌耀的诗歌就像他本人一样，出现在我们面前，正值昌耀的新诗集出版，记忆中刚来了两三本样书，我动作快，抢到了一本签名本，那一刹那，好兴奋啊！在青海的文学笔会上，认识了青海的许多优秀诗人，肖黛是一位很美丽的女诗人，还有刘洪亮等诗人。年仅十八岁的班果，是一位藏族诗人，他仿佛是一位年轻英俊的王子。

我们的旅程将继续向西而去，于是，我们乘上了通往果洛藏族自治州的长途客车。黄河源头就在果洛藏族自治州。我们与当地的藏族人同乘一辆长途客车，车厢中散发着浓郁的酥油味道，因为天冷，车窗都关闭着。从车厢中散发得还有一种草原牧场的味道，藏族妇女披着的几十个精心编出来的辫子的味道，还有来自她们身上长袍的味道。这世间是由味道组成的，到一个地方，无论它或大或小，都拥有属于这个区域人物地理历史的味道，它们与生活在这个区域的万灵之味融为一体，成为了让你着迷的东西。尽管车窗关闭，仍能从脏脏的玻璃窗看外面的世界，那时候乐坛也正流行着齐秦的歌曲《外面的世界》。

发明玻璃者是想让我们在透明的屏幕中也能看到另一边，从何日起人类有了玻璃？我现在不想去探索玻璃的源头。因为我从玻璃的这一边又看到了另一边的存在，或许这就是玻璃为人类服务的价值功能罢了。

玻璃让我们触摸到外面的世界到底有多精彩。哪怕是在我们穿越茫茫大草原的青海，仍能感觉到玻璃外的寒风很刺骨，玻璃外的草原望不到尽头。

确实，外面的世界很精彩，我的触觉区已经逼近了茫茫大草原上起伏荡漾的寒冽，河水变成了银白色的冰川；我的触觉区已经逼近了一头在草原中冻死的白唇鹿，它的身体上堆集了白茫茫的雪。

忧伤划破看不到尽头的天际，驻守我心，我们青春的身体正随同大客车在凹陷不平的道路上前行。此次出行，以我们青春的名义，从大西南的昆明出发，再到青海西宁，将奔往国家版图上的果洛藏族自治州。因为寒冷，车厢中的人们几乎很少交流，我听到男人的呼噜声，无论是汉族还是当地民族，我发现了一点，睡觉打呼噜的多数是男人，而女人很少在进入睡眠以后，用嗓带将呼噜声送到口腔鼻孔。女人哪怕是在睡眠中，也很安静，其呼吸就像岸上的芦苇起伏荡漾。从那时间开始，我对男女性别的存在有了自己敏感的判断力，多年以后，我写了《男人传》和《女人传》。这是后话，而此刻，我们与穿着藏袍的男人女人乘着同一辆客车，眼帘下是我此生见过的最为苍茫辽阔的大草原。

中午，客车停在有餐馆的地方，四野白茫茫，我们依次下车，奔向那个孤零零的餐馆，我们早就饥饿。天气寒冷，人就容易饥饿，因为天冷，胃囊在体内剧烈的蠕动，要求我们给予它有温度的食物。

在荒野深处，只有一个孤零零的餐馆，你没有别的选择。说实话，在1986年，对于食物，我们没有挑剔的理由，因为我亲爱的祖国正在从漫长的物质冰冻期走出来，祖国的经济和物质生活，很像一个孩子需要时间成长。对我们这一代人来说，有食物已经很满足了。简而言之，当我们下车来，看见了那个烟囱冒着热气的小餐馆，内心已经享受到了欢喜，因为我们将寻找到伟大的食物。掀开塑料条形的门帘，所有在此停留车辆下来的人都相继掀开了门帘，不大的餐厅中热气奔涌，从人们嘴里奔涌出的热气也在奔涌。

排队买羊肉面的人们脸上都充满了期待，每移动一次，就接近一点食物，我们就这样一步步地缩短着距离，一寸寸地接近了煮面的大锅。有人在前面摔着手拉面，淡黄色的手拉面，在我们朝上微仰起的视觉中变幻着图形，它们又像交织在一团又拉开的曲线，柔韧而有弹性地分开，一直到我们双手捧着一大碗羊肉拉面。餐厅很拥挤，很多人都是端着羊肉面来到门外，站在路边，每个人的吃相都不一样，观吃相就能判断出人的性格。有些人，唏嘘中就将一碗面超速吃完了，这样的人通常性子急躁，从未与胃商量过要慢慢品尝，他们吃完东西，就去旁边抽烟看风景去了。另外一种人，慢腾腾地品尝，吃完了面，来不及看一朵云彩的变化就上车了。

一千多公里的路程，几乎都是在穿越草原牧场。晚上九点多钟，我们终于抵达了果洛藏族自治州。在寒冷中，我们嘘了一口气。这是我们所抵达的又一个目的地。幸运的是在等待的日子里，这一段时间，年轻的诗人班果在西宁培训学习，我们可以住在他在州府的房间里，因为，班果是州府文联的编辑。

我们学会了用干枯了的牛羊粪便生火，以此取暖，房间里如果没有火炉是不行的。一个火炉除了在房间里取暖，同时也用于烧饭烧水，这是当地人的生活方式之一。在此，借此书感谢当时十八岁的藏族诗人班果借给我们房间用，在我们驻留果洛藏族自治州的时候，正是这间房，让我们有了安心等待的空间。

同时，也要感谢一位叫扎西的男子，他也是藏族诗人，他当时给予了我们很多帮助。曾经带我们到州府外的草原上学骑马，当我们坐在马背上拉住了缰绳时，英俊的扎西就走到我们身边，鼓励我们说：不怕不怕……不怕不怕……不怕不怕……

而当我们在扎西的护佑下终于慢慢地适应了马背时，扎西突然打了个唿哨，我所骑的那匹枣红色马就扬起了蹄，朝着草原深处跑了起来。我将身体贴在马背上，大声呼唤着：扎西扎西……扎西扎西……扎西扎西……扎西又打了一串唿哨，声音传得很远，很快枣红色马就掉转了方向，奔向了扎西身边。

我们的履足在扎西的帮助下终于搭上了一辆奔往黄河源头的大货车。一辆我当时无法叫出名字的大货车，满身的锈迹载着满车厢的淘金人。我们上了车，便挤坐在穿着军绿、青色大棉衣的淘金人中间，听说，有二十多万淘金人在黄河源头的荒野上淘金。还听说，在高海拔的黄河源头，人一旦患上流感，咳嗽乏力发烧以后，生命就会垂危，甚至被死亡带走。

货车前行不久，荒原上呼啸而来的冰雹从空中砸了下来，我们像坐在车上的淘金人一样双手奋力地抱住了双膝。冰雹砸向了我们的头顶，尽管全身上下已经裹得很严，但凡是身体有缝隙的地方，冰雹就会落下去，几十颗冰雹就这样从我脖颈落了下去。

有刺骨的寒冷摩擦着锁骨和胸乳……冰雹以后，天生地，地生天，天与地连成一片，灰调，完全的灰调，是天际间的唯一色块。

我开始咳嗽，而且来势汹涌，仿佛肺叶涌出了血，逼使我不得不以咳嗽的力量减少身体中的灰暗色块。接下来是流清鼻涕，传说中的流感正在向我袭来。尽管如此，我仍从背包里掏出了那个铝盒，里面有药品，我服了一大把治愈流感的药。它们是我从云南带来的，记忆中好像都是昆明中药厂、云南腾冲制药厂的中药，从青春期开始，我就依赖这两家中药厂的药品治愈一些基本的疾病，而且药力都非常好。

服了药以后，我好像就睡着了。睡眠很短，因为货车陷进了一个大坑，司机让所有人下车，帮助推车，所以我就醒了。下车时感觉全身疼痛，我对海慧说，我可能得肺气肿快死了。海慧笑了笑，轻松地说，你死不了。海慧的话给了我力量，是啊，我怎么可能会死，我们还未抵达黄河源头，还有漫长的人生等待我们去度。是的，我死不了，而且绝不会死在这片荒原上。于是，我们同样伸出手去，加入了推车行列。

淘金人伸出了他们的那一双手，那是我记忆图像中保存得最为苍茫的风景。每一双手都被冰雪冰过，都曾经与死亡握过手，后又擦身而过。每一双手都记载着自己的个人史，如今，他们将手伸展在车身上，使出了全身的力气。集体的力量汇集在一起，终于使车轮越过了那个深深的泥坑。再次上车，一个淘金人看我上车困难，伸出手臂将我抱上了车厢，我说了声谢谢，他的表情漠然，仿佛听不到我说话。车的时速根本无法快起来，因为路面覆满了冰凌，而且泥坑太多，我们都微闭双眼，似乎在打盹儿，实际上已经适应了摇晃。这辆车让我真正体悟到了黄河源头的遥远和苍茫。

所有人的脸都是古铜色，包括我们自己，赴约于奔往黄河源头的玛多县，那夜宿于玛多县一个诗友家中。我几乎忘却了所有人的面孔，但还是记得我们从车上下来，正是风雪呼啸的时刻。风雪缺少温柔，简直就是风暴，刚刚还是雪花，转眼又变成了风暴，这是临近黄河源头的风暴吗？下车以后，身体仿佛就要被强烈的风雪挟持而去。那一夜，也许是太累太困了，竟然在诗友家里睡了一个好觉。

休整中等待好天气，在这里，所谓的好天气，就是没有风暴。为此，我们依赖手中的一个巴掌大的收音机，搜寻天气预报，很多东西都不准确，但每一次搜寻天气预报时，气象台对于天气的预测多数均是准确的。我们要出发了，在玛多县诗友的带领下，我们出发了。

我们出发了，只有在路上，我们的灵魂才践行梦想，所谓青春就是践行于每个梦想，哪怕这个梦想愚蠢荒谬，我们也要用时间和身体亲临每一个梦想的现场。

我们梦想的前方是黄河源头，再次乘上了一辆大货车。这是早晨六点半的玛多县，县城如此安静，仿佛神祷刚结束，没有雪花、沙尘暴，但保留了刺骨的寒冷。我们祈愿着，出县城后便看到了草原上一个藏族妇女跪拜于那片隆起的草甸，仰望着高高的灰色的天际，她分明是在祷告。我看见了她身上红色藏袍的一角，仿佛是一丛鲜花，从她藏袍下延伸出去的草甸铺满了银灰色的冰凌……

几公里外就是黄河的源头，这就是传说中的巴颜喀拉山下，我们下了车，走了近五公里。因为行走，刚才感觉到的刺骨的寒冷渐渐消解；因为行走，我们开始用身心真正得与这座荒原接触，当地人告诉我，五六月份，这里完全是一片看不到尽头的花海。各种野花争竞相开放，天空蔚蓝，冰雪融化之后的小溪汩汩流淌着。我倾听着，想象着，仿佛同当地人一样期待着春风呼啸而来……

如此安静的银白色的天际，我的眼眶开始潮湿，足下的冰凌很容易让人滑倒，路上有人走出来的路，我想，这就是那群淘金人走出来的路吧？因为不停地有人行走，就成为银白色天际中一条弯曲的小路，它无尽头，应该延伸至天边之外。

突然，我听见了水的流动声，当地人告诉我说，100 米之外就是黄河源头了。我的心开始加速地跳动，这是真的吗？难道我们就要到达黄河的源头了吗？

穿越 100 米是如此之快，是的，我们简直不相信这是真的，从银白色的天际间突然出现在眼前的是一汪泉水，是的，一汪泉水。这就是祖国版图上的黄河源头，很奇怪，这一汪泉水清澈见底，并没有变成冰凌。它以线形的密流正往冰川上流去……这一汪比眼泪更干净的泉水，就是我们赴约的黄河源头。

灵魂虔诚中跃起，我们双膝着地，就像跪拜在草甸子上的藏族妇女，我们朝拜这清澈而宁静的慈航。几个淘金人也走过来了，他们来到了黄河的源头，跪拜于地，默默无语地祈祷以后离开了。之后，是我们的离开，生命的所有途经之地，并非就是我们的归宿，我们只有用无穷无尽的行走，才能赴约于下一个梦想。

梦，是一场漫长的认知过程，我们一生都在追溯验证，我们从哪里来？到哪里去？所有的人类文明史都在实现以生命为主题的历史，在此以后，我的回忆中，充满了黄河源头的那一汪比眼泪更干净的泉水；在此之后，我们将继续沿黄河的渊源而下，赴约青春的轶事。

甘肃兰州的黄河大桥迎接着我们，在这里，从石家庄骑自行车过来的诗人醉舟已在我们之前抵达兰州。我们与醉舟只是在信笺中认识，并未谋面过。八十年代，骑自行车旅行的人，除了探险者外，大都是诗人和艺术家。之前，在滇西小城永胜，曾有上海青年画家郭新平骑自行车途经永胜县境，他在县城休整的短暂日子里，我们在县文化馆相遇。身材高大的郭新平当时好像就是二十多岁的年龄，他的所有衣物都横跨在一辆沾满了尘土的自行车上。他说，他是从西藏骑车到云南的……行走探险流浪似乎成为了二十世纪八十年代青年人的边缘生活。正值青春年华的歌手、诗人、画家在一个缺乏互联网的时代，用各种交通工具开始了行走。当我陪同来自上海的郭新平散步到永胜县城外的那片麦地时，他用牙咬碎了一颗开始变黄的麦粒，衔在嘴中，之后，他问我知不知道凡·高？并说凡·高就是在麦地里自杀的。

凡·高的麦田和他的向日葵、星空，以及法国南部的阿尔以及他的弟弟提奥，影响了我们那一代人的生活方式。我们站在麦地里，他的青春和他的自行车将沿着闪烁月光和黑暗的旅途而去。或许，正是这些东西转而激发起了我们寻找黄河源头的梦想。

站在兰州黄河大桥的中央，很多人走上桥头，将身体伏在铁栏上观望着黄河途经一座城市的壮美波涛。我们身体中需要一条河流奔涌而来的波涛，它越过礁石不为人知的剧痛将奔向海洋，而我们所看到的只是一条河流的局部。

兰州这座城市被四周的群山所护佑，是我见到过的粗犷的大西北最秀美的城市，最为壮观的是黄河经过了城中央，一条河流将携带它的野心和抱负顺流而下，任何人都无法阻挡它的流速。

我们站在桥头与未曾谋面的醉舟相遇了，他从石家庄骑自行车而来，仿佛刚从旷野走出来。身穿黑色的牛仔衣裤，黑而丰茂的头发好久未理，快要垂到肩头。又一个骑自行车的理想主义者出现在兰州的黄河大桥上，这就是青春的派头。

我们观望着桥梁下的黄河水，很奇怪，在那一天，流经兰州的黄河水异常清澈，以至于我们能看到水下的石头和弯曲的水草。在以黄河大桥为背景的时代，我们邂逅相遇，因为诗歌而相遇，八十年代热爱诗歌的年轻人，就像万物生长。无论是大学校园还是工厂农村，喜欢诗歌的年轻人创办了各种诗社，油印自己的诗歌刊物。因为诗歌，我们在陌生的旅途中相遇。

我们几个人那天晚上在兰州的黄河大桥旁边的一条街景中走了很远，后来在一家兰州拉面的小餐馆聚会，喝了好多瓶啤酒。我就是在那天晚上，学会了喝啤酒，而且是不用酒杯，将瓶口直接靠近嘴唇饮用。啤酒是用麦芽酿制的，看见他们直接用牙就开启了啤酒瓶，还看见了白色的泡沫溢出瓶口，麦芽味儿开始在我舌尖上弥漫……啤酒的味道，初次品尝就很喜欢。尤其是与几个理想主义者共同分享后，就渐渐感觉到了微醺后的快感。这次聚会，在我们的旅程出现了奔赴敦煌的路线……

敦煌，这条路线太刺激我们的感官了。青春，就是为某次身体中跃出的念想而不顾一切的践行者。我们买好了奔往敦煌的车票，捍在手心中央的车票是如此令人欢畅，血液开始滚烫，脚踝无法驻足，双臂恨不得长出翅膀。

于是，就有了奔向火车站的黎明。这一次我们跟在醉舟的身后，向着梦想和沙漠深处的敦煌前行。我喜欢那些从沙漠中涌出的距离，因为在黄沙弥漫的远方，有一座绘满了壁画的宫殿，它的名字就叫敦煌。

敦煌，梦一样的国度，从每一层沙漠的曲线中隆起凹下去的那些通往千百年历史的韵律，从金色的沙漠中向我们的眼帘层层递进。

在过去，从未想过经黄河源头会绕道去敦煌，这次与醉舟的相遇，他激荡起了我们未曾梦想的另一条旅途。乘火车再转客车，八十年代的旅行者默默无语，没有宣言时尚，他们单个或三人成行，朝着青春的版图奔去，仿佛要带着一腔热血去会见梦中的情侣。

我们只是其中之一，当我们抵达沙漠中的月牙湖时，天地不再轮回，仿佛时光不再流逝。月牙湖，沙漠之湖，灵魂泉液，那一刻，就想驻守此地，忘却世间万物，包括自己。坐在湖边，想象着南方丝绸古道上的中转站，那时候没有火车铁路，凡是橡胶车轮的速度都看不到，但那时候有人。人，与其炽热的肉身成形，在人短暂的一生中，无论尊贵卑微都在熔炼着形形色色的众生相，有灵魂附体，是为了在光明和黑暗中找到自己。

便想象着在千百年时间里，闯入这条南方丝绸古道上的旅者，他们步漫漫黄沙而来，带着命运中的弦琴。无论是杀手、商人、僧人、艺伎或神秘的外乡人，都自有他们走入这条古道上的命运和传说。

鸣沙山形成了屏障，来到这里的人们，倾听着沙粒演奏的乐曲，凝眸下，看不到人类的冰川，每一粒细沙都是一个音符。它使我们屏住呼吸，沙粒拂过的耳根下面，仿佛有一支从古代轮回而来的旅队正在前行。

历史篇章告诉我们：莫高窟，又称千佛洞。坐落在河西走廊西端的敦煌，它始建于十六国的前秦时期，历经十六国、北朝、隋、唐、五代、西夏、元等历代的兴建，形成巨大的规模，有洞窟 735 个，壁画 4.5 万平方米，泥质彩塑 2415……

朝圣莫高窟我们的步子很轻，不敢惊动这座世界上伟大罕见的景观，有时候会躬身走进一个低矮的洞窟，可一旦走进去，在里面你会不由自主地仰起头来，因为壁画在召唤着你……无论是洞窟、壁画还是泥质彩塑都有一种撼人心魂的力量，让你的灵魂，忽儿燃烧，忽儿冰冷。

当时，莫高窟外还有招待所，我们每次从沙漠中回到房间，都带着满身的黄沙。在莫高窟之外沙漠尽头，有两个重要的特征：黎明初绽时的沙漠，就像刀锋下的曲线，这时候会看见海市蜃楼；下午以后，基本上都有一场大风，当风从远处刮来时，有些像海洋上的潮汐，推波助澜拥到岸滩……

敦煌之行，让我们走进了河西走廊，之后，我们朝着戈壁沙漠而去。在火车上，几个四川美院的大学生用掌心大的录音机回放着喜多郎的《敦煌》《丝绸之路》《天空》……第一次倾听喜多郎的音乐就如此喜欢，自此以后，喜多郎的音乐陪伴了我很长时间。

在火车车厢里的新疆人，带给了我们另外的语言。车轮下有时候会遇到黄沙弥漫，我们看不到地平线，倏忽之间又出现了干燥炽热的戈壁滩……新疆，你是多么遥远啊！而我们只不过是途经此地的游者。忧伤从喜多郎的音乐中冉冉升起，我们的青春如此迷茫而又充满了幻想……

途 中

穿过了漫长的河西走廊，终于抵达了新疆乌鲁木齐。这个在祖国版图上遥远的地域，在那天黄昏的火车站出现在我们面前。下了火车后，我们就跟同一车厢四川美院的几个大学生告别，他们身背画板是来新疆写生的。当我们在火车站外的人群中目送着他们青春的背影消失时，天开始黑了下来。

天总是要黑的，乘同一列车的人总是要告别的。剩下我们三人，先得找旅馆住下来。相比酒店、饭店、宾馆这些称谓，我更喜欢旅馆这个词，它仿佛更有人间的烟尘。走出火车站后，人间的烟尘便滚滚而来。首先，是大声叫卖着烤羊肉串的新疆人，他们的音律很有力量，很快就将我们的目光和脚步吸引过去。

肩背军绿色的旅行包来到了一个街边的烤炉前面，就掏钱买到了地道的烤羊肉串……天啊，那种色香使乌鲁木齐突然间变得那么美丽神秘。手里举着香喷喷的羊肉串，开始取悦我们的味蕾，这是必须的。尽管裤包里没有多少钱，但还是要品尝那个头戴新疆帽的帅哥叫卖的羊肉串。青春，延伸在旅途中，就是要品尝路上的让身体感官获得记忆的风物，也包括当地人们每天面对的食物。

整条街上都是叫卖声，而且大都是男子在叫卖，也许他们声音传播力更广泛罢了。于是，火车站外的大街上飘满了烤羊肉串的香味，男子们的叫卖声像唱歌。

现在的我，已记不清那天晚上我们住进了什么样的旅馆。只记得第二天我们就跟随醉舟奔向了长途客运站，乘上了去尼勒克的长途车。因为醉舟在尼勒克有朋友，所以我们才直奔尼勒克。虽然已忘却了下榻的小旅馆（我们当时的情况只能住小旅馆，口袋里少量的纸币只够满足我们简单的补充食物。不过，那个时代，经济快速的列车尚未飞驰起来，我相信所有人对于金钱都没有多少欲望，因为商场很少，土地上种植着古老的食物，物质生活的概念就是衣食），但我却记得在客车上那些头系丝巾的新疆女人，她们都有坚挺的鼻梁，白皙的皮肤，高挑动人的身姿。

每一个地域上呈现出的自然概貌和人的形态，构成了地球上不同的文化、美食物产的差异。

在差异中前行，车窗外是绿色的瓜果原野，新疆这个地方盛产我们大家都很熟悉的哈密瓜和葡萄。因而，客车途经之地，从窗外飘来了瓜果成长期的香味，尽管秋天才是收获季节，但我更喜欢瓜果的生涩之味。

犹如我们的青春是生涩的……在敦煌我们跟着醉舟向沙漠深处走去，感受着两种不同的风景。如果恰好在沙漠中遇到了风暴，我们会膝地而下，用双臂护住头和面部，任由风暴而去。如果没有风暴，沙漠就像天堂般安静，我们会用手刨开沙丘，躺下去，再用手将两边的沙盖在身体上。青春，以其青涩味，使我们与世界和身体保持着足够多的距离。

新疆广袤的大地除了有戈壁沙漠，更多的是深绿色的丘陵，许多候鸟纵横迁徙，以它们区别于人类的翅膀，在天空中寻找自由，再返回陆地索取食物。人类没有翅膀同样能飞行，许多次，当我躺在瀚海深处时，只要安静欢喜，同样能感受到自己的整个身心都在天空中云游。在经历了时间的无数次磨砺之后，你们或我们才会用生命去检验生死的尺度——这是一个用时光年华亲身体验的过程。而当一只雪白的大鸟穿过了新疆天池的蔚蓝色湖面时，长途客车在此小憩半小时，这真是令人舒畅的半小时。我们沿着天池行走，半小时能走完整个天池，太想用脚步丈量整个天池的环形距离了。然而，时间限制着我们，隔得老远，客车司机就在用带着维吾尔语腔调的普通话大声吆喝着：去尼勒克的游客上车了……他反复的吆喝着，才将乘车的人们召回到了车上。

时间是有限的，通过旅行，我们知道了世界是一个很大的集体，个体是渺小的，我们只有融入集体，才能抵达远方。

远方，真的很奇妙，在那看不见的远方，仿佛有触及我们身体某些未被时光所触及的许多秘密……

在这里，我的目光不断跃起，青春，我们如此美妙的青春进行曲啊，每每看见一个令我们身心喜悦或激动的场景，都会尖叫出声来。

终于抵达了尼勒克，这座位于新疆维吾尔自治区西北部的县城，分布着充沛的水域，在遥远的世纪，大月氏人、乌孙人、匈奴人、突厥人都曾在不同的历史时期在此地栖息繁衍。所以，直到如今，由汉族、维吾尔族、回族、蒙古族等 32 个民族安居在此。

如果在古代，我们是哪一个游牧民族？在尼勒克的县域中，我们不时地与身着各种民族服饰的人相遇。尼勒克因为有丰富的水域，滋养着丘陵地带，所以天气湿润，特别适宜安家。

如果在古代，我们也必是游牧民族中的一个支系，古代人因为各种原因，从来就没有停止过迁徙。他们带着躯体，在自然界中捕食，还要用简易的武器对付野兽和路上的敌人；如果在古代？我是哪一个民族的支系？

旅途，会让我们拷问前世或今生的因果，这需要你的身心与古老的历史相遇时，时间给予你的那种穿越和想象力。二十世纪六十年代出生的我们在二十世纪八十年代尤为活跃，因为我们在两个重要的历史汇合点迎来了青春的降临。从七十年代跨入八十年代，正值祖国，我亲爱的祖国复苏文化和经济的时代。

有两幕历史中动人的场景：人们出于对知识的饥渴，所以站在各种大小书店门口排队买书。这一代人的手掌中没有手机，因而，排队的每个人目光都很专注。他们的目光随着前面的人群在移动，最终都会将节省下来的人民币，从包里掏出来用来买纸质书。一个全民热爱读纸质书的时代在八十年代初期降临，这一幕场景，理所当然，是一个国家最壮美的风景和人文的历史记忆。

另一幕场景跟文学有关，从校园到大中小城市，写作者们都建立了自己的文学社团。在我们这次旅途开始的前夜，在永胜我们几个人建立了星巷青年诗社，文学仿佛是歌手费翔唱出的一把火，将我们的青春熔炼其中，星巷青年诗社不定期地出油印刊物《星巷》。那真是一个属于诗歌的年代，写诗的群体和个人很多，诗歌的不同流派仿佛一股新浪潮，撞击着忧伤的年轻人。

在尼勒克我们同样邂逅了一群写诗的年轻人，以诗为牵引，他们带领我们出门去看县境内的山水。在那个以诗为缘由的时代，在祖国的版图中，诗人呼之即来。所有人的诗歌都写在纸质笔记本上，如果小聚会中朗读诗歌，每个人都会从包里掏出一个笔记本来。笔记本真好啊，每个人的笔记本上都写着自己的笔名，和以分行的形式记录下来的诗歌练习。

我们还到了霍尔果斯口岸，那是我们平生第一次站在边境线。身穿军装的边防战士，站在两国之间的界碑前，我们看到了俄罗斯的红木房子。从那一刻开始，祖国有了界碑的区别。

转眼我们又从新疆那辽阔的地域重进黄河穿过的兰州，吃了一碗兰州拉面，喝了几瓶啤酒以后，我们将与醉舟告别。这是我们个人不得不经历了辗转同行的旅途后的告别，告别之前的拥抱，背景是兰州黄河大桥。

我们倚靠着黄河桥铁栏杆，河水奔涌而下，数不尽的波涛，追不尽的梦幻就在青春的身体中击浪而下，那时候我们有一生中最美的年华。拥抱以后的松手，意味着只有我跟海慧两个人去拜谒远方的风景，这不是一场当下流行的所谓诗与远方，而是实实在在的践行，实实在在的人生。

松手之后，我仍感觉到醉舟的温度，他无疑是那个时代最独立自由的旅行者，而我们当然也是旅行者。沿着黄河而下的旅程，我们将遇到什么？作为人之生命体征，你感觉到了吗？只要移动脚步，时间就像血液般在流动……

在宁夏的一个小书店里，我们第一次看到翻译成汉语出版的《百年孤独》……天啊，我有一种习惯，每次买书，都要看开头或结尾或中间出现的语言。这本书的开头写道："多年以后，面对行刑队，奥雷里亚诺·布恩迪亚上校将会回想起父亲带他去见识冰块的那个遥远的下午。那时的马孔多是一个二十户人家的村落，泥巴和芦苇盖成的屋子沿河岸排开，湍急的河水清澈见底，河床里卵石洁白光滑宛如史前巨蛋。世界新生伊始，许多事物还没有名字，提到的事物用手指指点点。每年三月前后，一家衣衫褴褛的吉卜赛人都会来到村边扎下帐篷，击鼓鸣笛，在喧闹欢腾中介绍新近的发明……”

在《百年孤独》的后一页写道：“当马孔多在《圣经》所载那种龙卷风的怒号中化作可怕的瓦砾与尘埃旋涡时，奥雷里亚诺为避免在熟知的事情上浪费时间又跳过十一页，开始破译他正度过的这一刻，译出的内容恰是他当下的经历，预言他正在破解羊皮卷的最后一页，宛如他正在会言语的镜中照影。他再次跳读去寻找自己死亡的日期和情形，但没等看到最后一行便已明白自己不会再走出这房间，因为可以预料这座镜子之城，或蜃景之城。将在奥雷里亚诺·巴比伦全部译出羊皮卷之时被飓风抹去，从世人记忆中根除，羊皮卷上所载一切自永远至永远不会再重复，因为注定经受百年孤独的家族不会有第二次机会在大地上出现。”

读完《百年孤独》的开头和结尾，我毫不犹豫地买下了此书，这一年，《百年孤独》将陪伴我们的旅途。而马尔克斯的语言结构中呈现出的马孔多的叙事，让我感悟到了写作的多样性魔力。马尔克斯的写作进入了我的视野，也同时进入了用汉语写作者们的阅读之中。那时候，去书店买书的人很多，我刚买下这本《百年孤独》，旁边就有两个年轻人也掏钱买下了一本。

《百年孤独》这个书名非常奇特，我有很长时间乃至我的一生都在重温这个书名。多年以后，我又买到了马尔克斯的另一本长篇小说《霍乱时期的爱情》，我认为这是马尔克斯一生中写得最好的作品，也是世界文学史上两部永恒的作品。

沿着黄河流域，我们继续往前走，走，是必须的，来到了内蒙古草原，必须去拜谒位于内蒙古鄂尔多斯伊金霍洛旗的成吉思汗陵。十三世纪伟大的成吉思汗的足迹横跨亚欧的传说，从遥远宽阔的草原仿佛传来了他的马蹄声……草原帝国虽然离我们很遥远，然而，拜谒伟大的成吉思汗的陵墓，是此生的一个梦想。作为从马背上开拓疆域者的英雄传说早已千古，然而，我仿佛又看见了他驻足草原上的兵营，他的孤独造就了他的梦想，而他的梦想又成就了他的伟大的传说。

黄河水就在身边咆哮，它穿过了内蒙古的河套……黄河流经了内蒙古的呼和浩特市、包头市、鄂尔多斯市、巴彦淖尔市、乌海市……

黄河途经我们足迹所迁徙的路线，伴随我们的呼吸和心跳，忽儿消失在远方，忽儿又出现在眼前……乘上了一辆长途客车就要去延安了，如果在战乱时期的二十世纪初叶，我们正值青春会去投奔延安吗？我想，像我这样热血奔涌者一定会拎上一只简易的箱子，穿越乱世的枪炮声，寻找着去红色根据地的路线。

在那个战火纷飞的年代会不会去延安的问题，竟然成了我和海慧在长途客车上所讨论的问题。现在想起来，这是一个多么有趣的问题啊！车厢中充满了陕北人的语音，而我们却在和平年代正奔往延安。这是二十世纪八十年代，国家地理版图上还没有出现高速公路，因而，去延安的路凹凸不平。不过，陕北看上去很干燥，如遇到绵绵雨季，在这样的泥土路上开车会很缓慢的。

哪怕不遇雨季，车轮也无法快起来，缓慢中我和海慧都在向往着战乱年代投奔延安的故事。有一点我们都是相似的，如果我们出生在二十世纪初期的战乱年代，寻找延安会是我们一件来自青春的事件。目光久久地在车窗外的黄土高原上穿越，内心激荡起伏，仿佛置身于二十世纪初期那些充满理想的年轻人之中，正在带着热烈的幻想奔往延安。

当车子穿越了数不尽的黄土高原后，在黄昏终于抵达了延安，你知道吗？我们下了车，仿佛终于寻找到了红色的革命根据地，心灵获得了一种空前的满足和喜悦。红色的延安出现在眼前，在我看来，来自延安的云彩、树木、泥土、屋顶、公园、河流、窑洞……所有存在的世界都是红色的。

每一个时代都有不同青春年华的梦想和追求，我们呼吸着来自延安的红色空气，仿佛已经走进了那些不朽、伟大、传奇的世界，两个携带着黄河泥沙的青年女子，内心充满穿越不同年代的肃穆感。

来到了黄河边岸的县城佳县，位于陕西省东北部黄河中游西岸的佳县，是我们途经黄河记忆最为深刻的县城，黄河就倚着县境而过。那天傍晚，我们乘长途车从米脂来到了佳县，我又病了，仍旧是重感冒，这一路走来，海慧倒是非常健康，年仅十九岁的海慧正值芳华，而我二十四岁。

十九岁的海慧穿一条洗得发白的牛仔裤，她好像就带了两条牛仔裤，轮着换洗。上衣穿一件红格子衬衣，二十世纪八十年代的时尚，在今天看来仍然不落伍。牛仔裤和纯棉格子衬衣，这两种款式更贴近我们的肌肤，在不同时代，它都是流行中的标签。

流行是一代又一代人寻找的时尚，有些时尚很短暂，转瞬而逝，而有些流行，其寿命却很长，就像我们当时的牛仔裤格子棉衬衣。这说明了什么？越是简单的，让身心舒服的，无论是情感还是服饰都会赢得时间的宠爱。

那个傍晚，车子来到了佳县客运站，当车子盘旋在山上时我们就看见了黄河，那一年，黄河附于我们心中成为了真正的灵魂伴侣。一路走来，如果哪一天看不见黄河，内心就像失去了什么。黄河的泥沙携带着不同地域的流速，黄河的清澈往往意味着将进入一片葱绿的视野。

那一年，我们不顾一切地要将渺茫的身形踪迹献给黄河……青春那不顾一切的任性使我们与黄河流经的土地高山平川草原相伴。黄河出现在不同的语音、境遇、地域中，出现在我们身穿牛仔裤、格子衬衣的形态之下。黄河，伟大的母亲河，每次看到它跃入眼帘时，内心就会一阵阵的激动。

我又病了，而且还发起了低烧，海慧出了佳县客运站以后，就一直走在最前面，有可能年轻几岁，她身体中的任性和冲动比我要更强烈些。而我的任性从很年轻的时候，就带着与生所俱有的忧伤和彷徨。在很多时候，是我的忧伤滋养了我的激情和语言，如果没有灵魂深处的忧伤，我就不可能寻找到我所需要的那一种语言。

佳县，如此之美，黄河就从佳县的身边温柔地流过，一路走来，流经佳县境内的黄河显得如此深情和温柔，水质碧蓝，这是第二天我们看见的黄河。而在那天傍晚我们住进了一家招待所。每到一地，首先要寻找居处，放下行李，之后，最期待的就是到公共浴室洗一个热水澡。

待我们住下后，海慧就出去了，每到一地，她总是会在我之前就充满激情得出门。半小时后她回来了，带回来了两个大馒头，佳县的白面馒头真大啊！发着低烧的我服了药，看见海慧买回的大馒头很想吃。

人，在任何境遇中的饥饿感，都使我们真实地活着。咀嚼佳县大馒头所产生的香味，是人间一味，它使我们又迎来了新的时空。睡了一觉以后，我身体中的低烧消失了，然后我们奔向了黄河。来到了黄河边，有人正要上游船，我们就随其上了一艘船。从此岸渡对岸，却穿越了不同的省份，佳县黄河对岸就是山西的地界了。木船上载着几十个人，在黄河中乘渡船，是另一种心情，水流缓慢、碧蓝，半小时后就到了对岸，来到了山西的地界。

世界有多奇妙啊！我们来到隶属于山西的一座小村庄，正是树上挂绿枣的季节，村子里没有旅行者，我们有可能是唯一的闯入者。一个农人正在摘青枣，我们走上前问她卖不卖，她笑得很开心，用山西话告诉我们说，农活做完了，她摘一些青枣去五公里之外的镇子里卖，我们便跟她买了一袋青枣……

雪白的绵羊在山梁上跑，云南的半山腰和丘陵深处是天然的牧场，黑色山羊的体形与眼前的绵羊相比，显得更有活力。绵羊们体格肥胖，跑起来有些笨重缓慢，云贵高原的黑山羊则更像峡谷深处的羚羊。

云南是我的老家，无论走得有多远，看到有什么样的世态，有一种对比，置换背景会充分地体现祖国地理版图各种色彩的距离。

神秘而伟大的距离造就了人间的落差，在人世间，绝对没有相同的两个人，也不会有相同的树、相同的河流、相同的语系、相同的命运……灵魂游荡在不同的色块，生而为人，你的出生地，就让你睁开双眼，看见了蓝天白云，用肢体感受到了大地上的尘埃。

我们无论走得有多么遥远，其实最终都要回到自己的灵魂深处。关于灵魂，它是一幢由我们自己的前因后果所修建的房屋。从生命开始的那一天，我们就居住在自己的房屋中。

眼前山梁上的这座村庄看上去就有百来户人家，山梁上青枣的绿，是唯一的绿。在任何地方，即使是在沙漠瀚海中，只要有一线的绿，你的生命就不会枯竭。人，依赖于绿色植物获得希望并与此活下去是人类历史中的历史。

我们坐在绵羊牧草的山梁上看黄河，这里的牧草看上去枯黄，但它们却是绵羊的粮食。两种镜头在置换，云南称之为边疆，它保持着永不枯竭的绿，培养了我的多种幻想，所以，我们要来寻访黄河，寻访黄河流域途经的城市和乡村。寻访与云南完全不一样的世态、历史和现实，成为了那一年我们青春的重要事件。

瞩目之下的黄河，如此的安静，仿佛它在上游刚历经了一场巨大的波涛汹涌，而此刻，它们竟然像婴儿般恬睡着。我们就坐在黄色的山梁上品尝着青枣。一种奇异的甜蜜，使我们回味无穷，转眼之间，一袋青枣就被我们吃完了。

顺着山梁往下走我们赶上了最后一趟轮渡，将我们渡到了对岸的佳县。是的，我们总是要走的。祖国，我亲爱的祖国，无论是途经你的繁荣还是贫瘠，我们都在默默地承载着你的存在，它就像一条黄河中古老的木船将我们又渡到对岸。

黄河对岸是山西，这一边是陕西。我们慢慢地理喻你辽阔疆域中的历史，这些山山水水都曾经是从古至今的传说。来自历史上每一轮回的时间中都有文明和战乱，正是两者的冲突和碰撞使山河日月长驻人间。

奔往黄河壶口瀑布时的心跳，使我们的青春充满了咆哮声。抵达黄河壶口瀑布时刚好是正午，我们又一次屏住呼吸……那时候没有智能手机拍照，只随身携带一个大约巴掌大小的简易照相机，所拍摄并保存下来的两张照片都很模糊。

模糊，是因为时光久远，另外，我们到壶口瀑布正是阳光强烈的时刻，不适宜拍照，再就是当时照相机的功能只能拍下模糊的影像。现在看来，多种因素构成了我们的模糊。唯有记忆和心跳是永恒的，它们保存了壶口瀑布在我记忆中的壮阔和咆哮声，那记忆犹如一场交响音乐会，发出了各种乐器的旋律。

带着青春的心跳奔往壶口瀑布……正午的阳光，将我们与河流融为一条宽阔而充满巨大急流的瀑布。黄河的咆哮将从此地进入另一个领地，黄河的险峻峡谷使我们的灵魂迎面而上受到了又一撞击。我们因成长而历险，因去拜谒世界万灵而将敬畏之心层层递增，正因为如此，我知道每爱上一件事，必会产生叙事进行曲。就这样，在几张模糊的老照片中出现了二十世纪八十年代的黄河，出现了我们倚在黄河壶口瀑布前的影像。

涛声依旧，而我们已不再是青春时带着满腔热血沿黄河行走的女孩。面对此刻的自我，秋风开始了歌唱，它的风力沿着树篱，以用肉眼看不到的速度改变了世界。

来到了当时《延河》的编辑部，见到了当时的白描和路遥老师，从包里掏出云南省作协的介绍信后，我们又幸运得可以在编辑部的办公室住两个晚上，因为巧遇周末。路遥老师当时就住在作协的大院里，那天早晨，我们起得很早，想去华山，就与路遥老师在院里再次相遇，他手里拿着一块馒头，边吃边散步。那应该是路遥老师正在写长篇《人生》的时间段，看他眼神的深邃，就能感受到一个作家进入成熟期写作中的好状态。

路遥老师当时穿一件纯白色的确良衬衣，一双圆口黑布鞋，看他眼神是熬过夜的，一个作家进入长篇写作中的艰辛我是后来才知道的。当时的我，还没有经历过写长篇小说，只有到了后来，当我回首与路遥老师在《延河》杂志社门外的小路上短暂相遇时，我才知道当时的路遥老师正经历着一部巨著的漫长写作。所以，他显得有些恍惚的眼神在游离中仿佛在寻找词根，只有作家在写作中的游离状态，才会将语言载入时间纷繁的变幻中。路遥老师，祝你在天堂仍能写一部长篇巨著。

足迹下出现每一轮回的黄河，都是礼赞，黄河因山貌地理而一次次无穷无尽地变幻，其最终将进入中原。从山西进入河南，仿佛翻过一座山梁就看见了广阔的平原。在山西太原，我们邂逅了张锐锋、潞潞等诗友。八十年代，无论你在哪里，似乎都会进入诗人的领地，他们在自己的领地上以理想主义者的生活方式正修筑语言的宫殿。

在河南郑州，我们又邂逅了耿占春、王鸿生等一大帮诗友、评论家，那真是一个美好的年代。无论身置何方，都能寻找到诗人们的行踪，诗歌以孤寂的探索开始着一场又一场的涅槃。

黄河将我们的行踪又载到了河南的濮阳，这是一块平原，生长着高粱、玉米、小麦的沃土，黄河从上游而来，流入这片沃土。平原上你看不到山脉的走向，也看不到弯曲的小路和险峻神秘的大峡谷。所以，从陕西到山西、河南，我们闯入了历代帝王驰骋疆域的地貌，黄河纵横而下，像一个伟大的帝王，又像一个神。多年以后，我才知道，无论是人世间的伟大帝王，还是在天与地之间无影无踪的神都必须具有一种悲悯、孤独、包容万象的爱……

什么是爱，除了男女亲眷之爱，还有一种爱从沙砾巨石、河流旷野之上冉冉上升。它纠正你的生活态度，捍卫你的尊严，让你游离于灵魂的黑暗，我所迷恋的夜空弥漫出千万种黑暗的魔力。我所爱的国度延伸到一个领地，犹如诗人的家园，他们的姓氏、门槛、书写中的惆怅、半掩饰中的倦容、未读完的书、词语的千万年寂寥中的形而上或形而下……泥沙簇拥的黄河，一路顺风而下，直抵内陆和蔚蓝色的海洋。认命吧，这源自青春的 1986 年，我们的青春有多鲜美，而一路奔向海洋的黄河，却隐忍着漫长时空的一轮轮悲歌。在它造化出英雄及一代又一代帝王和众神的孤寂中，我们作为又一代人，带着渺小的肉身即将抵达海洋。

抵达之路就在前方，蔚蓝色海岸线已出现在眼前，而我们却开始转身朝出发的方向而去。吟诵者的旅程，这漫长的史卷从春到冬，该结束了。于是，我们慢慢地往回走，偏离开了黄河入海洋的视线，尽管巨大的惊喜和忧伤彼此交织。我们释放了最后的激情，搭上了一辆绿皮火车，那辆真正的来自二十世纪八十年代的慢火车，朝着大西南奔驰而去。

我们两个女子要了两瓶啤酒，坐在火车车厢的车窗旁，那时候的车窗可以推开，入冬的平原开始万物萧瑟，我们举着手里的啤酒，默默地庆祝着刚刚在青春里结束的一段故事。火车上服务员身穿绿色制服推着货物小车过来了，叫卖着：买烧鸡花生米……

我们掏出了衣袋中最后几张皱巴巴的人民币，买了一只德州扒鸡。心里有一种过年一样的欢喜，喝着啤酒，品尝着扒鸡，在当时对于我们来说，已经是八十年代的小资生活了。

车轮声滚动着，逾越了好几个省份……再见，我们亲爱的黄河，再见，一路上偶遇的朋友们，感恩你们！再见，青春的黄河事件！

拥 抱

拥抱，这是我降临人世之后所获得的温度。从黄河流域回家以后，最想拥抱的人是母亲，她快接近退休的年龄了，因而，另一种妇女生活的危机也在悄然降临，这就是接受更年期的考验。

放下布满灰尘的行囊以后，最想拥抱的是母亲，她站在屋子里迎接我。妹妹要回学校了，我也重返县城。母亲那一年的形象，成熟而饱满，看见我回家，她终于释怀了，在那个没有手机网络的年代，我们和家里保持联系的方式有两种。现在看起来，这两种方式已经从我们的生活中消失了。每到一处，我们都会去寻找邮电所，那时候，只要是邮电所都是可以发电报的。

站在不同地方邮电所的绿色柜台前，我们会在电报纸上写上发报的内容，每一个字都会收费，所以，我们会尽量将发报的内容控制在一句话内，以此节约费用。站在邮电所，仿佛能听见发报机的声音，便会想起曾经看过的电影《永不消逝的电波》，男主角孙道临曾经是我们的偶像。

还有就是给家人和朋友们寄明信片，当时各地已经有了自己印的明信片，巴掌大的明信片有当地的人文风光，而且明信片上已经有邮戳就不用再贴邮票。在那个贫瘠的年代，我们会省下每一分钱。因为旅途还长，我们要学会计划，尽量不要给家里人增加负担。

旅途终于结束了，我的体内有黄河水的波涛，面颊、发丝、衣物中布满了沿途的尘灰。当我看见母亲从里屋走出来时，眼眶又开始潮湿。我伸出手前去拥抱已经开始进入更年期的母亲，并知道她已经开始释怀，因为我们终于平安回家了。

之外，就是拥抱县城，虽然我们这一路上已经走过了许多黄河流域的县城，但重回成长地的县城，就像是感受到了母亲胳膊下的家园。宁静的滇西县城啊，滋养着我，让我在此卸下青春的盔甲，洗沐干净一路的尘土。

等待我的小县城，满足了我吃米线的期待，我想坐在永胜县客运站的门口吃一碗米线，尽管这里人声喧嚣，它却是一次次滋生我外出远游的地方。凡是土生土长的云南人都酷爱米线，每天的早点大都是一碗米线。米线之所以好吃，跟佐料有关，云南每个县境的佐料都有自己的发明创造，并基于自己县境内的野生香草等。所以，只要你吃碗米线，就能感受云南各地的美食和植物的差异性。

那天早晨，我终于如愿以偿，步行几分钟，就来到了县城的客运站，很多人已经走进客运站准备乘远行的班车。今天的我很轻松，只为了吃一碗纯永胜县城的米线。站在客运站外卖小锅米线旁的大都是三十多岁的妇女，她们衣饰干净，叫卖着她们的小锅米线。我坐在一张小圆桌面前，不到五分钟，一锅热气腾腾的小锅米线就端到了桌上。我们喜欢美食，是因为受到了味蕾的召唤。滋生饥饿感的人，同时也是品尝者，慢慢地品尝完了那碗有葱花焖肉的小锅米线，仿佛结束了饥饿的仪式。

之后，站了起来，并感受到人生面临的另一些事将降临。

我的一位二十二岁的女友怀孕了，她知道我回来以后，就直接找到了我，她很漂亮，即使是怀孕仍然很漂亮。因为未婚怀孕，所以这成了一个让她不安和焦虑的问题。我记得她叩开门时的神态，那个年代无手机，很多朋友都会出乎意外的降临，她也不例外。她烫了发，肩膀上披着波浪似的卷发，看上去有心事。一进门，我递给她一杯水，她静静地喝完了那杯水后问我，我们两人好久未见面了，让我看看她是否有些什么变化？我说更漂亮了，而且把头发烫了。她说一个外地人在县城开了一家发廊，终于可以烫头发了，周围的女友们都去烫头发，而且要提前几天预约才能排得上号。哦，流行，真是厉害了，它将改变我们的发型，但我无须烫发，因我的头发是自来卷，这是让很多女友羡慕的，我自己也感觉到不错。

说实话，一生中最爱镜子的时候就是那个年代了，墙壁上挂着一面绿色外框的小圆镜，不涂脂抹粉依然能征服自己。美丽，首先要征服自己，这是基础。就像盖房子，没有好的地基，一座建筑就失去了强大的支撑力。青春，足以征服自己，因为脸上还没有出现任何疲惫苍茫，自然的美加上未经时间磨砺的美丽，就像花骨朵即将绽开时的美，所以，每次照镜子都很愉快，都能征服自己。

我们看上去都很美。女友开始了低声倾诉，她说她怀孕了，完全是一个意外。我有些微微得惊讶，在我看来，怀孕这件事是很可怕的。所以之前，无论我跟男性体验了怎样热烈的亲吻和拥抱，身体的接触仍保持距离。因为对于那时的我来说，怀孕这事是我无法承担的生命之重。倘若身体中有了胚胎，那就意味着是一个生命，你必须为此付出代价。青春是对于美妙自由和独立的追求，但青春同时也是对于接受性别之间亲密和界线的一次训练。

她怀孕了，而且已经想好了要堕胎。因为她独自一个人根本无力承担这个生命的成长过程，她不断地解释，这是一个意外。所谓意外，就是她和那个男人之间没有未续之缘。她不提让她怀孕的男子，最为关心得是子宫深处的胚胎。她的脸沉下去，满头的卷发覆盖着她那青春的脸。

当她意外怀孕以后，一切却在往下沉……人的姿态无论年轻还是衰老，当心绪往下沉的时刻，是在尘埃中挣扎，还是在寻找方向和仰起头来的勇气?

终于，她仰起头来，问我是否能陪她去堕胎。我惊讶地看着她说，你想好了吗？她点点头说，想好了，如果不堕胎，那么满城人都会知道她怀孕了，人言如此可畏，她害怕，这是第一个理由。除外，如果让她的父母知道她怀孕了，那么天会塌下来的，这是第二个理由。还有，她衡量了自己刚刚开始的人生，都还没有好好地谈过一次恋爱，还没有开始做自己喜欢做得事，如果不堕胎，那么，她的一生就没有明天了，这是第三个理由。

我无法提出任何建议，或许她是对的，尽管堕胎手术是对原生命体的摧残，但我们是那么年轻。面对未婚怀孕，除了陷入恐慌，必须寻找解决办法。她已经别无选择，于是，只有恳请我陪她去堕胎。面对人性的脆弱，作为她可以信赖的朋友，我答应了她。之后，就是择日，选择堕胎的地点。她说，最好去一个别人看不见的地方，于是，她开始探寻遥远的小镇医院。

择日以后，我们乘上了一辆去小镇的班车，她戴上了一副墨镜，已经有两个月身孕的这个女子面色苍白，从上车就开始沉默无语。这是一座距离县城最远的小镇，足足坐了五小时车才抵达。到小镇时已经是下午四点半钟，我们直奔小镇医院，一位妇科医生说，让我们明早再来，要尿检后确认是真怀孕才能堕胎。

女友看上去很急，恨不得马上就能堕胎，但妇科医生显得很漠然，忽略我们的存在。或许这类事，她见得多了。是的，职业造成的冷漠，使我们不得不先找旅店住下来。小镇就一条街，谢天谢地，五百米外的小街尽头，出现了一家小旅店。她掏出了证明，看来，她是有所准备的，那个年代还没有身份证，有单位得开证明。终于住下了，打开房间门，一大股潮湿的霉味扑面而来，可想而知，这房间很久没人住了。

不过，已经很满足了，人，置身在各种境遇中的满足，首先让我们感觉到肚子饿了。人以食为天，而天就在头顶，我们走下了楼梯，这应该是一座有年代的旅店了，后来才知道，这是赶马人中途的中转站。下楼梯就用脚感觉到了时间感，因为有时间裂痕的楼梯发出了沙哑的声音。

坐在黄昏中小镇街道里的小吃店，发现金沙江就在山脚下，这让我们很惊喜，这条江蜿蜒绵长，就像我们此时此刻的心绪。两个人带着不同的情绪，要了两碗小锅米线，面向山底弯曲而逝的金沙江，我们什么都没有说，唯有青春，正焕发出隐隐的疼痛和期待。

回到旅馆，是停电的日子，我们不想点烛光，因为那是一根苍白的蜡烛。守着黑暗，哪怕已经敞开了窗户，霉湿味还在。梦醒以后，又将面对女友堕胎的问题，因此，天亮以后我们就来到了小镇医院等待。还是昨天的那位医生，她说，你们来了。之后，就开始尿检，结果是怀孕。这是无法逃避的事实，女友最清楚，尿检终归只是多余的程序而已。然而，遵循程序是人生活必须培养的天性。妇科医生说会有些疼，让我进去陪她。

其实我不太愿意，因为堕胎的痛我早就听过来人说过。但某种怜悯之情还是让我搀扶她躺在了手术床上。医生让我用双手按住她的头部，并说道：你可以叫喊，但身体绝不能动。手术很快开始，她开始喊了，一种来自她身体子宫内部的疼痛，无法忍受的疼痛……

手术持续了半小时后，终于结束了。女友流了许多汗，我搀扶她从床上起来，本来想让她休息一会儿，但她的脚步却没有停下来，坚持往外走。我知道她想尽快离开这个地方，多年以后我偶遇她时，她告诉我：她一生都会因这次堕胎而赎罪，并且受到了惩罚，因多年前的手术损伤了她的子宫，她再无法怀上孩子。

我们很快搭上了回县城的班车，因为道路塌方，走了九个小时才回到县城。我将她送回了家，并嘱咐她好好休整一段时间，她站在门口伸出手来拥抱我，泪水浸湿了她的面颊。有很长时间我们再没有见面，在世态面前，我们一生都要经历许多来自灵魂和肉体的双重疼痛，无论是她和我，都将保存这种记忆。

父亲回来了，是由单位的人护送回来的。父条原本是一个非常健康的人，几乎从未见他吃过药，后来父亲在昆明工作了很多年，每天晨跑五公里，曾经还参加过昆明中老年人的马拉松赛，好像获过铜牌。但这样一个人，却患上了癌症。现实于我们全家是一次残酷的重创，首先是母亲，她比我想象的要更勇敢，她平静地接受了这个事实，这是 1987 年 6 月。之后，父亲在家住了半个多月，单位的人们对父亲隐瞒了他的病情。

半个月后，父亲住进了县医院，两个月后，父亲告别了人世。之前，我们经常陪他在县医院的树荫小道上散步，父亲的手不时地按住肝部，我知道他的肝脏在疼痛，并且疼痛每日加剧。后来，父亲就彻底躺下了，由于腹部有水，父亲陷入了二十多天的昏迷，食物不进，全靠针水维系。

父亲去了，到另一个世界去了。那天下半夜接近凌晨是我守候他的时间，我平静地坐在父亲身边，不时地将手伸向他的嘴唇和鼻孔。维系一个人生命的是气息，如果气息越来越弱，犹如游丝般时断时续，那么，这意味着生命要结束了。这两天，父亲的气息已经很弱了，我们似乎已经从心理上做好了充分准备。

坐在床边的我，有一种本能的预感，父亲离那个要赴约的世界已经很近很近了。于是，我站起来，伸出手拥抱着父亲，不错，我的预感正沿着他要去的那条路微微地颤抖，顺从命运的安排，我已触到了父亲的气息冰凉。

冰凉，我懂得生命的体温，是因为我自己的身体携带着体温，附于身体的肌肉和各种器官，并循环于畅流着的血液，让我们可以寻找到江河的源地，大地上万物生长的根须。

而一旦身体失去了体温，那么血液已不再畅流，气息冰凉后，生命已被载走。是的，那一刻，我是如此的冷静，就连悲伤也是冰冷的，如同儿时上学路上冬季结冰的水面，我们总是要蹲在河边，伸出手从河床上掏出一块冰，并且让它接近牙床。这个游戏使我们品尝了晶莹的结冰体，天然的冰激凌，只是没有加糖而已。

现在，我的牙床很冰冷，整个身体都很冰冷，只有血液在畅流。这就是我跟父亲的区别，他的身体是因为血液不再畅流后的冰冷，而我的身体因为有血液流动而冰冷，所以，冰冷使我能够伸手前去拥抱到父亲。

父亲走了，我们送他。单位的人还有亲眷们择日开始送父亲上路，那时候县城还没有火葬场，所以，父亲可以穿上他干净的衣服入棺。那是一套浅灰色卡其布的中山装，的确良的白色衬衣，白色的袜子，一双黑色的皮鞋。这一年，父亲才 59 岁。在送葬路上，但凡遇到各种桥梁，我们兄妹几个都要跪在地上，低声祈祷：父亲过桥吧！父亲过桥吧！父亲过桥吧！！

我相信，父亲一定会听到我们的祈祷，并沿着他该去的那条路，奔赴传说中的西方极乐世界。

父亲安葬于永胜县公墓，泥土掘开时，天地依旧蔚蓝，这是一个极好的天气，深信父亲会一路走好。我用手抓了一把潮湿的泥土放在鼻翼下，我闻到了泥土的芬芳，它使我安心，因为墓地就是父亲以后生活的地方，他将在这里安息，长卧于无尽的时间之中，并将自己的身体化解于沉土。

父亲的棺木放在了泥土里，我们亲手合上泥土，墓地下就是县城，父亲长驻于此，他的灵魂却已经到了天堂。从此以后，父亲的墓地便成了我们每年清明时节拜谒的地方。父亲的离世，使我们在成长过程中增长了对于生死的另外一种理解，它使我们拥有告别的勇敢，生活下去的勇气。

尽管离开墓地的双脚很沉重，但我们深信，自此以后，父亲将在另外一个世界生活，他将在孤独中寻找其他伙伴。父亲会默默地护佑我们。

写作使我的脚步正在以不同形式挪动，终于我不再安静于滇西小县城的写作，总在寻找时机到另一个地方见到另外一些人，走另外的路……这一天会到来吗？我翘首远方，目光越过了高山屏障，并且学会了一生中去践行自己最挚爱的事情。这一年，两件命运中最重大的事情开始降临于我，这两件事都与写作有关，随同时间帷幕地闪开，我的个人写作开始有了更大的舞台。

那一年，我接到了两个装在牛皮信封中的通知，第一个是参加第八届《诗刊》社组织的青春诗会，第二个是前往鲁迅文学院与北师大合办的研究生班读书。写作的历程中呈现出了我命运的轨迹，当我走在小县城的街景中，内心仿佛在人群中飞翔。

我是真的想展开翅膀，乘着黑夜去寻找自己的梦想。那时候，除了写作，我生活中发生的事情犹如闪电，短暂的炫幻之后就结束了，如同爱情，只是一次次插曲，来得快，消失也快。很多县城的女友们都已经嫁人了，唯有我，带着孤寂的影子，幻想着踏上另一艘远航的游轮。

这一次，是为了写作而出发，内心荡漾的是梦幻般的喜悦，便开始收拾行装。总有一种莫名预感，这一次出发，意味着我将挪动安身地，因此，便沿着县城的街道走了好几遍。生活在这里的男男女女依然保持着往日的形态，忙碌者依然忙碌，闲散者依然闲散。多年以后，我以此县城为原形，出版了长篇小说《县城》。

之后，搭上木祥的车准备去昆明。当时，木祥还没有开始写作，他的大名叫陈汝明，跟我母亲一个单位。木祥是他后来写作时的笔名，木祥在西藏当过兵，后又读农校。再后来，木祥便开始写小说，成了一个非常有写作风格的作家。我坐在木祥的微型车里，他的车技很好，因为他曾在西藏的高海拔地区开过大货车。在车上，我们很少交流，木祥是一个少言少语的男子。我坐在后面，目光不时地眺望着窗户外变幻起伏的山脉。

海慧早就帮我订好了去北京的硬座车票，那时候，我们只可能订硬座票，由于要去北京上学，我的工资就停发了，父亲去世，海慧和海三还在上学。尽管如此，当海慧将火车票递给我时，我已经热泪盈眶了。

终于又一次来到了昆明火车站，面对来来往往的陌生人，我拉着一只大箱子，里面除了书籍外，还有我写作用的纸质笔记本，上面零星地写着一些诗歌。书籍和纸质笔记本，似乎比我的命都重要。简言之，它们会陪同在我的身体驻足和远行，之外，还有简单的衣物。人，简单而又复杂，除了食物衣饰外，书是我们精神中需要的东西。

写作是精神中的旅行，这一年，送走了父亲后，我第一次乘绿皮火车到了北京。经过两夜三天的慢火车，两条小腿已经浮肿，这是坐硬座的结果，但没有一丝怨绪，拖着沉重的行李箱走出了北京火车站，便感觉终于到了国家的首都。

这一年我二十六岁，真正是为了文学而来。出了火车站便四处打听去鲁迅文学院所在的朝阳区八里庄的公交汽车线路。当你口袋里没有多少钱的时候，其实是可以感受到之前生活中没有感受到的丰富多彩，你会经历许多细节，并在这些细节中获得线索和满足感。

终于挤上了公交车，就看见女售票员手里拿着一叠公交车票，叫道：上车的乘客按顺序买票啦。北京人的声音很有底气。纯北京人都有派头，这是一种出生于北京而滋养出来的尊严。来自边陲的我，小心翼翼地拖着自己不起眼的一个大箱子，整个形态都与北京人格格不入。

站在拥挤不堪的公交车上，一只手奋力的扶着把杆，另一只手还要扶好自己的箱子。眼睛却同样奋力地往车窗外看，到底我是北京灰蓝色天空中漂泊的哪一朵云？这一切都不重要，在车厢中我似乎呼吸到了来自五湖四海的味道。那一年，北京还没有摩天大楼，北京城的建筑平稳、深厚，就如同它的历史，无论你怎样去重温它，总是辽阔无边际。

这就是为什么后来出现北漂这个词。我属于北漂吗？从公交车下来再转一辆车就到目的地八里庄了，然后沿着一条杂乱的街道往下走，就到了鲁迅文学院的大门口。途经这条街道时已经是黄昏，中间有一座桥，几辆大板车拖着果蔬，立在桥头叫卖。我看见了北京的大白菜、西红柿、茄子，这三种蔬菜色彩鲜明，激起了我对北京的爱意。舌头卷起来，仿佛就要与北京的气味融为一体了。

那一年的第八届青春诗会也在鲁迅文学院举行，但凡参加青春诗会的人，都正值青春的年华。青春，只有当我回首往事时，这个词语仿佛一场春雨从面颊流下，让我猛然回头。而青春已逝，我再找不到当年那个穿着蓝色牛仔裤，为青春和诗歌赴约的女孩。

所有参加第八届青春诗会的诗人们，每个人都带着他们的青春而来：所谓青春，亦如万物破晓而出，浑身充满胚芽绿枝，未曾被茫茫黄沙弥漫过一双清澈之眼，也未曾被万般变幻苍凉覆盖过肉身。

青春诗会，无疑是《诗刊》杂志社为一代又一代热爱诗歌的青年定制的一场理想主义者的诗宴。在二十世纪八十年代的鲁迅文学院，我看到了这样一张张青春诗人的面相：王家新，带着翻译家的书卷气，那应该是他一生中最美好的年轮，乌黑的头发，温厚而智慧的双眼，当时，王家新正在《诗刊》社任职。还有当时仍在《诗刊》社做编辑的李英，也就是后来的英儿，我看到了英儿当时最灿烂的年华，短发，明眸，她的美当时未曾陷入另一段苦役的旅途，当时，我未曾听她说起过顾城。

骆一禾，自然卷曲的头发，身材修长，他的出现仿佛是从遥远的中世纪长卷中走出来；骆一禾，出现在八十年代末期，是我在中国诗人面相中见过的最有神性的诗人；骆一禾，那一年，另一位诗人带着我去他家里吃饺子，看到了他写到稿子上厚厚的长卷；骆一禾，那个时代留给了我们最伤痛的诗歌回忆。

林雪，很美的女诗人，参加青春诗会时，带着她四五岁的儿子，长发飘飘，是我当时见到过最漂亮的女诗人。我们理所当然成了那一时代的女诗人。我们一行在天安门前留影，她抱着她四五岁的男孩。

青春诗会以后，我就留在北京就读于北师大与鲁迅文学院合办的研究生班。突然间，来了那么多令我眼眸眩晕的作家和诗人。就发言，自然很胆怯，当时的我，只是一个从很遥远的边陲小县城前来求知的女孩。

迟子建出现了，她手拎箱子，直发披到肩头，这发型一直在此时和将来的时间陪伴着她。当时，她生活在中国最北端的塔河县，与我的出生地形成最南最北，上苍却让我们同住一室，这绝对是最美妙的安排。后来，我们都叫她迟子，她有一双大眼睛，这是神赐予她的眼睛。她已经发表了大量的中短篇小说，而且还有集子出版。在见到她之前，她在塔河成长，那里有她的父母、姐姐和兄弟……中国最北端的冰雪造就了她凛冽和热烈的语言结构，她是我所喜欢的中国女性作家之一。我们都叫她迟子，一个亲切的来自朋友们的称呼，她笑起来，很好看，仿佛让我看到了她故乡冰雪融化之后春天的花朵。

与迟子同室，绝对是上苍的安排。她笑起来，脸上有一对好看的酒窝，我们背对背地写作，她通常在五百字的稿纸上写作，而我仍旧在笔记本上写诗。她喜欢足球，那一年正好是世界杯，班里喜欢足球的人都上五楼的教室看足球，因为只有五楼才有电视，这好像是鲁迅文学院唯一的一台电视机。当时，喜欢看足球世界杯的人很多，不过，有几个人，是地道的足球迷，在记忆中他们好像是洪峰、余华、迟子建、肖亦农等。在此背景中，我不知不觉也会去教室看看那一年的世界杯。

英国足球队的射门王子莱因格尔出现在绿茵场地时，我的眼睛顿时亮了起来。我现在明白了，世界上为什么会有那么多的足球迷，因为世界杯上出现的场景实在太刺激我们沉滞中的感官了。我们的感官功能，是为了从自身出发，去体验人类生活中所创造的场景。足球，是辽阔的，一个球在他们足下旋转而变幻莫测，它游荡的功能，会刺激你的心脏跳动，足球场上的竞技魔法随同一个足球而变化。你猜不透在两个小时内，到底谁会是最后的赢家，足球可以让两支球队用体态技能体现出生命最悲壮的结局……竞技场上只有赢家和败者。

那一年的世界杯，我喜欢上了来自英格兰的射门手莱茵格尔，我喜欢他眼神中的忧郁，那种来自足球场上的忧郁，仿佛是一门艺术。它很像是我从英国文学的阅读中感受到弥漫而出的气息，来自英格兰荒野的忧郁，是所有英国文学特殊的穿透力。

莫言和余华同住一个宿舍，他们都在五百字的长稿纸上写作，到饭堂打饭或在教室、过道上见面，都能感受到他们作为当时最为走红小说家的气息。洪峰，很少上课，他到鲁院上学，好像就是来写小说的。他的长篇小说都写在大十六开的笔记本上，我见过洪峰的笔记本，每一行手稿都是那么的严谨，字迹仿佛是贯穿到底的波浪荡过纸面……我也同样见过莫言、余华写在五百字一面的稿纸上的小说手稿，它使我深信天才和大师都是罕见的，人们只有在仰望的时刻，才会发出赞美惊叹之语。殊不知，这些所谓的天才和大师，在私下所面对的是巨大的孤独和坚守。对于一个写作者来说，只有与孤独相伴，才可以绵延出那么多像波澜般汇入江河大海的名字。

那一年，海子在山海关卧轨自杀的事件传来时，我的手正移动在笔记本的一角，突然间，钢笔从手中滑落，海子，一个多么年轻的生命。有一周时间，海子的死让诗人们沉默无语。我得了厌食症，似乎失去了饥饿感。接下来，是骆一禾的离世，那一年，我们的灵魂仿佛要接受一连串的事件。

在那个黄昏，李英来鲁院找我，她还有一个诗名叫麦琪。她是来向我告别的，她说，走是必然的，她已经从《诗刊》社辞了职，将远赴新西兰。她说，那个人在召唤她，她无法抗拒这种召唤。我和她在鲁迅文学院的楼下面对面地站着。我在倾听她简单地述说，她从不啰唆，使用每句口语都简洁明了。

她说的他就是顾城，她还说，她先去新西兰，如果有一天我愿意去，她会在新西兰等我。我没有多少言语，看到她眼中的光，我有些莫名的迷离和忧伤，但我确实不知道怎样跟她交流，或许我们都太年轻了。而李英是执意要离开的，我将她送到了八里庄的公交车站。起风了，北京的风沙很大，我用围巾蒙住了面颊，转眼间，李英所乘的那辆公交车就在风沙中消失了。

不久以后，我就收到了李英从新西兰给我邮来的明信片。上面有简短的几句话，她告诉我说，他们在新西兰有一个小小的农场，养了很多鸡，最后一句话依然召唤我说：亲爱的海男，我在新西兰等你！

我对出国从一开始就没有任何幻想，很多人暗示我说，就像我这样的年龄，特别适合去国外生活一段时间……然而，对于另一个遥远的国家，确实未曾激起过我内心的幻想。

也许是母语，强大而令我挚爱的母语，从我出生以后就感受到的力量，覆盖我从头到脚的存在。我的头顶是天空，我从小在云南边陲感受到了天空的蔚蓝。再就是脚下的大地，从云南到北京，天空的颜色，大地上的尘埃都会变幻。而母语，我亲爱的母语，就在天空和大地之间，赐予我热爱的源泉。

在鲁迅文学院，喜欢生活在他们之间，每天晚上，我都会去从内蒙古来的作家肖亦农那里要安眠药，肖亦农就像大哥，总是给我们分享他瓶内十分珍贵的安眠药。凡是写作者，睡眠都成问题，对我而言，夜里失眠时的滋味从五岁在金沙江畔的农场就已经开始了。也许，是上苍让我一次次地掠过窗户，有更多的机会与黑夜相处，并有更多的时辰仰望星空。尽管如此，失眠久了，超过三夜我的精神状态就会下降，对于一个写作者来说，倘若夜里完全失眠，第二天是无法与语言和谐相处的。尤其是我，没有在夜里写作的习惯。黑夜降临，就想阅读，尤其是躺在床上的阅读，所以，无论在哪里？总有床头书陪伴着我。

像我这样的人不仅没有出国的念头，而且也没有在北京生活写作的梦想。毕业以后，回家的念头是那么强烈……就订好了回云南的火车票，依然是硬座。而同屋的迟子也将回故乡。很多同学留在了北京，就在我收拾行装时，发现书籍增多了。我跟迟子经常乘公交车去王府井买书，去中国美术馆看画展，吃东四的小吃……难道这样的生活就要结束了吗？我不敢相信，时间过得如此之快，是的，时间，犹如一本本我阅读过的纸质书上的痕迹……

是的，我已经来到了火车站，为什么非要回云南呢？那是一个多么偏远的省份啊！又上了火车，绿皮的火车，在今天看来速度似乎很慢，而在那个年代，唯有火车将我的书和我身体，能重新载回云南。

回 家

离开北京意味着离开我与迟子建共居的那间房，好像是305，还是306，左边延伸出去应该是刘以林、肖亦农、余华和莫言、江灏、孙大梅，再过去是洪峰的房间……弗吉尼亚·伍尔芙说，当一个女人写作时，一定要有属于自己的一间房子，我想说，无论男女自从开始写作的那一天，都要努力争取属于自己的一间房子。

我与迟子建，这个来自中国最北方的女作家，共居了近三年的时光，我们在房间里写作，用硬币研究《易经》中的卦象。这些还是女作家于劲教我的，她是钱刚的妻子，前些年已离世，我想不到她会走得那么快。在鲁院，于劲即使是穿着裙装也充满了军人的快节奏……我完全想象不到她会这么早离我们而去。

在房间里，有时候，我和迟子建会用她的电热杯煮菠菜红薯，那时候的电器有限，就连电饭煲都还没有上市，但简易的生活同样也能给我们带来快乐。小小的电热杯升腾着热气，我们会从商场买来一瓶便宜的红酒，回到小屋从里锁上门，完全与外界隔离。有一次喝啤酒，我们都醉了，醉了好啊，就不用服安眠药了。迷醉中，我们讲着南方和北方的天气、饮食和家人的状况，当然，我们也谈论写作和爱情。之后，就上床睡觉，房间里弥漫酒精的味道。当然，也弥漫稿子、纸质笔记本、未拧上的碳素墨水的味道。

就要离开鲁院了，好像是迟子先走，我后走，还是我先走，迟子后走，我记不得了。人，经常会忘记前后顺序，因为在很多时候，前后都是彼此呼应的。离开鲁院前夕，我站在院子里，微风中飘来了红玫瑰的香味，我嗅着，想把这味道吞进去。告诉你一个小秘密，我与迟子曾在那一小片玫瑰花中，经常会偷走几枝玫瑰，插到房间里的一个水杯中，让玫瑰花陪伴我们。

在院子里，我曾经与那个时代最有个性的女诗人伊蕾相遇，我见到她时，她留有一头蓬松的短发，身穿那个时代最时尚的长裙，漂亮而又优雅……那时候她已经出版了《谁与我同居》的诗歌集。她的原名叫孙桂贞，我见到她时，她的脸上荡漾着诗歌和爱情的双重光芒。多年以后，伊蕾在冰岛旅行时，告别了世界。

在院子里，我还见到了马原，当时，马原经常来找洪峰。马原身材高大，在那个深秋，马原身穿格子尼西装和牛仔裤，看上去酷有海明威的派头，多年以后，马原来到了云南西双版纳的南糯山筑铸了马原书院，并安居此地。

在院子里，还见到了天津女作家赵玫，她同样是女作家中的美人，并一直平稳地写作。当时的赵玫，在《文学自由谈》杂志社做编辑，并经常到鲁院来组稿。

还有虹影，这个来自山城重庆的女子，妖娆中透出执着的写作姿态，就像她后来的足迹，从伦敦到北京，再从北京到全世界。虹影是我喜欢的女作家，我们已经有近二十多年未见面了。

再有林白，她当时披着一头黑色的长发，带着文学的理想进入了北京的文字堡垒之中。自此后，她留了下来在北京写作，在不多的见面中，我们总是相互鼓励，说要将写作延续到八十五岁。

几天前我已经将几大箱书籍通过火车托运回了昆明。又一次坐在绿皮火车车厢的窗口，我不知道为何要执意回云南？火车途经中原的沃土，之后途经长江流域进入西南，火车钻进了隧洞再睁开眼睛时，便看到了云南的云。我的眼眶中滚动着泪花，或许，我就是为了天空中越来越白的云朵而回来的，这是答案吗？或许只是答案之一。更多的答案在云团中开始神秘而自由地变幻，人生和写作都是充满定数的，我之所以重回云南，是有一种命定的力量在此召唤我。遵循心灵的召唤，是我一向的风格，所以，当我的脚又落在昆明火车站的站台上时，你知道吗？

我感觉到了四周绵延不尽的植物般的根须，自此以后，都将缠绕着我。

海慧和她的朋友们在站台上接到了我，便将我带到了火车站外的一家小吃店，吃了一大碗香喷喷的米线。难道，我是为了每天能吃到这样一碗米线而回云南的吗？食物对我并非很重要，而且，在北京，我们在鲁院的食堂中，每天吃木须肉、酸菜粉丝照样能开开心心。每天该吃饭时，我们就敲着碗进食堂。

在回昆明最初的时间里，海慧将我接到了她所任职的学校。海慧毕业以后就分配到海埂路上的前卫中学，在她不大的房间里，我们将同睡一张床的日子开始了，同时我还作好等待的准备。因为，我的工作将由永胜县文化馆调到云南人民出版社。但调动手续复杂，得需要一段时间。于是，除了偶尔协助出版社办理调动事宜外，属于我自己写作的好时光降临了。前卫中学是田野上的一所中学，外面就是海埂路。那时候，昆明城区通往滇池的路两边，都是庄稼地，开发者和商业尚未进入。

空气从窗外涌来，蓝色的确良窗帷被风掀起，我除了开始写作，同时也开始了饥饿地阅读，我曾说过，关于阅读，我会专门另写一章节。唯有如此，我才能与那些伟大的书中的语言窃窃私语。读书就像是产生了恋情的汪洋，我们将被这些温柔而又汹涌的巨波卷入其中，书中不同风格的语言将带着我们的灵魂去到另一个世界。

书同样抵达世俗，那一段时空，它放在床上，纸质笔记本旁边，伴随我呼吸。

这人世间又增加了年岁的一阵阵呼吸，总是使我忍不住的又开始了写作。这一年很漫长，但有写作和读书，每天的时间都过得超快。除了写作诗歌，我在鲁院时已经开始了写作中短篇小说。在这里，非常感谢在鲁院发表我中短篇小说的刊物，它们分别是《收获》《钟山》《作家》《天津文学》《花城》等。写小说，写在纸质笔记本上的小说，延续了除了诗歌外的另外一种文体。我可以将笔记本放在膝头，坐在任何地方的角隅，开始叙事。

除了拥有一间属于自己的房间之外，作家可以带上纸笔训练自己在任何环境中的写作。我感觉到了这种意外的惊喜，仿佛一只小鸟刚刚从我打开的笔记本上拍翅飞走；仿佛我爱上的一个人，将手搭在了我的肩膀上，告诉我说，生活可以这样日复一日的进行下去；仿佛我最爱的一个词，成为了我沦陷于美丽沙漠中的事件。

我写下了《疯狂的石榴树》《出发》等中篇小说的题目，有了一个题目，仿佛在一道突如其来的闪电来临前夕，我事先经历了一场叙事的涅槃。尤瑟娜尔曾在她长篇小说《熔炼》后记中说过：小说中所有历经苦难的那个人就是我自己。

那一年，我写下的小说都得以在《花城》及各种刊物上发表……谢谢《花城》我的文章能得到田瑛、林宋瑜、朱燕玲这些优秀作家的编辑。那时候，写作都是手稿，如果写在稿纸上的手稿就直接寄出去，如果是写在纸质笔记本上的手稿，就得复印，再将复印稿寄出去。复印机的出世，能保存原稿。有些科技能为现实服务。缓慢中我们的焦灼，开始因写作而释怀。我对于写在纸质笔记本上的文字，有一种天生的迷恋。何况，那时候的视力真好，可以在笔记本稿纸上写很小的字帖，尽管我从未练过字帖，但使用钢笔写作，无疑也是一种练字的方式。

来自生命的许多循环系统都需要你用灼热之心去训练，写作不仅训练了手写的文字，而且我相信每个行为如果坚持下去，都会成为你一生用之不竭的泉流。而作家用手写下的文字，不知道有多么珍贵。我不大喜欢去模拟流行规范的钢笔字帖，因为手写的任何一行文字，都是每个人内心的语言。因此，我深信，如果每一个作家终其一生都用钢笔写作的话，那么久而久之，就会为自己的生命保存下来一大堆手稿，这不是堆冰冷的纸。多年以后，当你重来面对它们时，你将会惊喜地发现，你并没有荒芜时光，纸上的所有文字忠实地记录了你灵魂的故事。

海慧当时骑一辆自行车，穿着大花裙穿行于城郊之间，她回来时，自行车上驮着蔬菜、香蕉、苹果——在一个并不富有的年代，海慧肩披长发，就像我们当年走黄河，充满了青春的节奏。在她上完课后，我们总是会煮一大锅新鲜的蔬菜，端着大碗，面对着窗外的田野，学校宽旷的操场。在那个并不富有的年代，我们确实是最后的理想主义者，我们读书写作，食人间烟火。海慧的同学偶尔也会骑自行车来，我们就会将锅放在一个电炉上煮火锅。

顺便补充一下，那是一个流行电炉的时代，通用的电炉大都是圆形的，里面有螺形的电丝线，一旦通电，红彤彤的，很像充满旋涡状的一轮红日。电炉的出世，给生活带来了方便，之后，许多家用电器也就问世了。

我们几个人围坐在电炉旁边，分享着热气升腾的火锅。海慧的同学手抱吉他，唱着那些年开始流行的校园歌曲……我们的远方，或远或近，最远的是田野上的稻草人，它是用稻草做成的，以防备小鸟们来偷吃庄稼，能看见有稻草人出现的田野，说明生态循环很好。后来有一天，你只能去到偏僻乡壤，才会看见稻草人了，因为城郊外的小鸟都飞走了。眺望后便收回目光，分享着火锅里辣而甜的蔬菜了。它们使舌尖兴奋，品尝发生在不同地点的意义都不一样。那一年，我们并不富有，我们却与许多事物相遇，我写出了好几篇中篇小说，完成了长诗《在虚构的玫瑰之上》。

那一年，我还喜欢用针线缝制裙子，这真是一件美事。海慧骑自行车到附近的百货商店买来了花布和剪刀，我们在不经意之间说出的一个梦想，很快也就付诸实现了。试用一针一丝，加上自己凭想象裁剪，这体现了我们在小小的创意中发现了自己想要的美。几天缝好一套裙子，穿在身上时，觉得很快乐，因为我们穿的裙子区别于市面上流行的时尚。在一个并不富有的年代，我们与自我之间形成了契约，无论是穿衣吃饭，还是写作，都要从自我出发，根据自己的现实基础，实现有可能实现的理想。

理想的帷幕忽儿明亮，忽儿阴郁，天空交替着色彩变幻无穷的魅惑。终于，我的调函拿到了手上，仿佛白云之下飘来的一根羽毛，命运总是在神奇中给予我们一线希望。之后，我来到了昆明书林街100号的云南人民出版社报到。书林街和金碧路均是老街，街道两边生长着一棵棵硕大的法国梧桐，树枝伸展出去，千姿百态中的枝干覆盖了整个街面。尤其是金碧路无疑是昆明市最古老的街道，两边有很多的法式洋房，铺面林立，很显然，在这样的街道上行走的人，都能寻找到自己心灵的某种旋律。

现实中需要去租一间房子，这是一个眼下最为重要的事情。因为在目前出版社还没有房子，事情虽小，但总要去解决。我们一生都在解决问题，等到没有问题解决的时候，人的身心就从尘世间飘忽地离开了。正因为有无穷无尽的问题尚未解决，所以，人生是一个行走的过程。

我们去租房子了，那有一间属于我自己写作的房子，这个现实总让我兴奋。我们来到了莲花池，当时很多喜欢写作的人都在这个片区租房子，莲花池紧邻云南民族大学、云南大学、云南师范大学、云南理工科大学……

行走着去看房，很快就来到了著名的莲花池畔，历史上的陈圆圆曾在此住过，陈圆圆与吴三桂的爱情很动人，也很悲壮凄楚，但历史上的这一页早已翻过去了。时间不容许我们停留脚步，现在的莲花池旁，早已被垃圾覆盖，这令人失望场景中的莲花池，早已不是当年陈圆圆的莲花池。池畔有无数的出租房，这些两三层楼的房子，都是当地城郊人自己盖的。租住房屋的人基本上都是外地人。他们的口音可以告诉我们，他们是从哪里来的。

我很快就租到了三层小楼上的两间小房子，没有卫生间，租金 50 元人民币。好了，交了三个月的房费，心里终于有了底，仿佛不在空气中漂泊了。写诗的赵振王，当时在云南武警中队，他豪爽得要了一辆车，将我寄存在海慧任职中学的书籍行李全部载到了莲花池畔。现实，就是一堆行李，一堆书籍，而写作就建立在它们的存在之上。

我是一个食人间烟火的写作者，现实告诉我，首先要活着才能写作，而活着，必须有一间自己的房子。

朋友们将我简单的家什搬到了二楼的出租房中，有一间房子面对着莲花池，当我站在窗口时，就看见有人拎着手里的垃圾袋，丢在了莲花池畔的垃圾之上，我的心抽搐了片刻，但这是现实，一个眼帘下活生生的现实。作为人，我们太渺小，莲花池畔堆满了垃圾，住在附近的人们已经习惯了将手中的垃圾丢在这个位置。

尽管如此，我要管理好自己的行为意识，我自己虽然无法去改变世界的现状，但我要保持自己的行为理念。从住下来的那天开始，从出租房中拎出的垃圾，我会拎到外面的大街上，将它们丢在正规的垃圾桶里。我希望我的行为能影响一些人，但仅仅是希望而已。这件事，让我在二十世纪九十年代初期，目睹到了地球人对自然生态的破坏。这只是一个角隅，却是一道窗口，地球已在不知不觉中遭遇着苦厄。

将床铺好，书还沉睡在箱子里。这一年冬季很冷，竟然还飘落了大片的雪花。我站在窗口往外看，历史上著名的莲花池，覆盖上了一层厚重的雪花，洁白的雪花同样覆盖了池畔的垃圾，生命个体制造垃圾的能力和速度都很快。我在那个冬天，既孤独又感伤，独自用小电炉取暖，用小白菜煮面条，更多时候，我会走出出租区域的小巷，带着碗到旁边的云南民族大学学生食堂打饭吃。

走在大学校园里，仿佛又有了活力。青春，永远光芒四射，它会抵达你身体中的那些忧郁。而忧郁，不仅源自生活，更通向写作的母语，作家如果在写作时没有情绪，那词语便是干枯的。对我而言，写作中的忧郁，就像语言中长出的枝叶，它应该是深紫色的。

回到云南，终于将所有户口单位迁到了昆明，便有了落脚地，尽管只是暂时的出租房，但始终还是有了一间可供自己写作的房间，这个现实会使我安心。除了乘公交车到书林街100号的云南人民出版社上班之外，余下的时间就是生活在出租房中。

租住者就是最初进入昆明的小商贩，从他们出租房门口经过时，会看到堆集在房子里的商品，商品中有鞋子、衣服……凡是日常生活中需要的用品似乎都有，商品塞满了出租房，里面有男人女人的身影，有烧饭的味道。从出租房中也会跑出孩子来，有男孩有女孩。

出租房中心有一个公共厕所，每次都是人满为患，很多时候还需要排队，从公共厕所散发出刺鼻的臭味，但是人们仍在耐心地排队上厕所。文明的速度，对于厕所的改变，在那个阶段，似乎也很缓慢。我也同样站在人群中排队上厕所，在等待中可以听见前后的妇女使用各种口音在交流，她们谈论男人、孩子和生育，同时也会谈论婚姻不忠。

一个小偷竟然从阳台爬上来，偷走了我最喜欢的杜拉斯的小说《情人》，看上去是一次有趣的偷盗，我没有报案，尽管莲花派出所就在不远处。小偷是在黄昏顺着裸露在外墙壁上的水管爬上阳台的。当时我去看母亲，晚上十点钟回来时，感觉到通向阳台的门被打开了，我有些害怕，便马上打开灯光。发现箱子里的书被人翻过，在那个物质贫乏的年代，我的房间里唯有书，它们当然也是另外一种物质生活。

我发现杜拉斯的小说《情人》不见了，心里有一种莫名的感觉，这个小偷竟然会偷书，而且偷走的书竟然是《情人》，这个故事很多年仍然萦绕于记忆。以后我又买了无数不同版本的《情人》，每次买书，竟然都会想起这个偷书的人，他在多年以前的黄昏，顺着水管攀缓而上，难道就是为了偷走杜拉斯的小说《情人》？如果是这样，那么这次偷盗行为也太诗意了。

半年多的出租记忆，是我生命中的一段插曲。之后，出版社调配了一间八平方米的小屋，我又迁移到了出版社。一个人，在一生中如果拥有一段出租房子的记忆，那么，生命就保存了不一样的插曲，这段时间对于我来说，虽然短暂，却同样保存了那个时代的记忆。多年以后，随同城市建设的改造，莲花池终于成了一座美丽的公园；多年以后，那片区域的出租屋被推土机推平了，在原址上，除了公园还建起了莲花住宅小区。多年以后，我再也回不到那个特殊的年代了。

人生很短，每一段插曲都很珍贵。我们行走在其中，并非都是局外人，我们的命运与此共度时光。

在书林街八平方米的小屋中，我买来了紫蓝色的花布做窗帘。亲爱的读者啊，在二十世纪九十年代初期，能在单位有一间自己的房子，有多满足和幸福。原来只期待有一个床位就行，现在通过调整，一个美丽的女子将房子腾出来让我住，她结婚了，不再需要这间小屋了。

我还记得她那双水汪汪的大眼睛，她是来自云南临沧双江的美女，到如今，她早已离开了出版社。但她并不知道，当她将房间钥匙交给我的那个下午，那应该是秋天的下午，她并不在意那串钥匙，因为那时候她已经成婚，这间房子是她刚进出版社时住的，成婚以后就住在外面了。我看见钥匙，心怦怦跳动，虽然租住莲花池的房间算起来还算宽敞，但自从小偷攀缓而上，被偷走了杜拉斯的《情人》后，我就对住出租屋没有了安全感。除此外，堆集在窗外莲花池畔的那堆垃圾成了每日心痛，让情绪灰暗的现实。现在，钥匙到了我手中，递给我钥匙的女子，永远不知道，她帮助我渡过了难关，实现了那个时期最大的愿望。

八平方米的房间，对于当时的我来说，犹如一座宫殿般的神秘。将东西安置好，我便买来了手提录音机，没有音乐是不行的，之后将书放在墙边的一个小书架上，书已经越来越多了。是的，那个时期最疯狂的三件事中的第一件就是没有节制地买书，当时的出版业很兴旺，因为互联网时代尚未降临，读纸质书的人很多，买书的人也很多。

书，来到了床上，所谓床头书，就是从床上挪到了枕头边，但凡刚买来的新书，对于读书人来说，就是磁铁或砖头大的蓝宝石。它必须成为枕边书，夜灯盏下的读书，就是与自己的灵魂和伴侣共厮守。书，来到书桌，墙边书架，世界浮动着无数看不见的幽灵，它们述说同样看不清楚的生死之谜。我，也是幽灵中的一员，每个生者都是幽灵。当阳光灿烂时，幽灵就像向日葵般灿烂，向世界万物摇曳着身姿，而当夜晚降临时，幽灵们如月光般皎洁，化为幻影。

第二件事就是疯狂地买磁带，书林街有好几家磁带店，录音机里总是放着当时最为流行的音乐，为将你召唤而去。录音机就放在床上，同枕边书在一起，那时候，流行音乐也是我最喜欢的，关于音乐，和书放在一起，单独形成一篇，因为音乐和书一直陪伴着我。直到现在，它们仍在忠诚地陪伴我。

第三件事就是买衣裙，这件事在二十世纪九十年代看上去特别疯狂。我的居处，就在当时的金碧路、国防路的商业街道，我无法抵御时尚的衣裙，总是会让它们穿到身上，穿衣裙让我成为了女人，也同时让我在这个世界上感受到自我与时尚的融合。

尽管如此，另一个我，才是我真正的灵魂所在，与自我相处，大都是写作的时刻，我会将紫蓝色的窗帘拉下来，掩上门，放着音乐，但音乐声很小，就像微风拂过面颊就够了。很多时间，我们内心需要的东西，恰好就是那些清风细语。写作，培养着自己孤独的能力，独处的习惯，这两者已成为我的盔甲，可以拦住风雨流星。一旦开始写作，就会将自己藏起来，让别人无法找到你。

是的，只有独处的习惯，才能将一句写下的语言延伸下去。就像一个人散步，沿着田埂，挪动向前的身影会变幻出许多不同的风景。

语言，是从身体中被你使用灵魂魔法抽之而出的一根根细小的丝线，各种暗淡和明亮交替的丝线在之前需要用宁静的时间去编织，这个过程除了需要写作的艺术之外，还需要大量闲暇的时光。

传呼机的时代来临了，我们要顺应时代的潮流，在短时期内，周围人都配上了传呼机，男人们将黑色的传呼机佩戴在皮带上，女性则会将传呼机放在随身背的包里。从传呼机开始，电信业开始悄无声息的蜕变，这意味着科技的文明将改变世界。传呼机四四方方，很纤巧，却可以留下短信。但留下短信之后，得找电话回复对方短信，那时候街上的电话亭很多，每隔五六十米就有报刊亭，凡有报刊亭的地方，就有电话。二十世纪九十年代初期的传呼机，引领了电信的世界，让我觉得很有趣，报刊亭很火，有新出的时装杂志、文艺书均卖得很好，回传呼机打电话的人也很多。回过头去，我觉得那个世界很好，节奏不太快。

传呼机上会出现各种留言，但你总得要去回。所以，经常会听见传呼机发出的声音，它不刺耳，因为可以调整各种各样的声音。传呼机是一个时代的风景，经常看见人们掏出传呼机，脸上出现各种表情。人类的表情，总是伴随着时代的蜕变而变化，小小的传呼机，经常让人不得安宁，有时候，深更半夜也不得不去寻找电话回传呼。许多人可能已经忘记了那种经历，因为传呼机风靡的时代早已过去。

个人的历史离不开时代的风貌，哪怕是一台小小的传呼机也在伴随着人们的呼吸而进步。科技的日益发展，同样也根植于人性的变化和需要。当现代人不再满足于缓慢的日出日落的景致时，致力于科技电信娱乐的发明者们加快了速度，这速度前所未有，将占据人们的日常生活，改变人们从古以来缓慢的速度。

我感觉到了速度正在悄无声息的变化，从笔尖写下的每个汉语，却依然保持着我原有的节奏。只有它，忠诚地体现了母语的寓意，沿着纤细的钢笔字帖，伴随我生命每一个时刻的写作，同时也伴随我融入时代的忧伤和节奏中去。当世事变幻，时装、美食及所有的物质生活正在消解一代又一代人的生活方式。而对我而言，无法蜕去得只有写作，从青春开始的那一天，我就接受了命运的安排，在不知不觉中用过往于生命旅途中的时间，编织那幅漫长的图卷。

那一年又一年，我将头发干干净净地挽成发髻，前额明亮，眼睛当然也是明亮的。身穿各种潮流衣裙，斜挂着长长的文艺包，涂着玫瑰色的口红，用表面看上去鲜艳的充满生机的姿态抵抗着我对生活的绝望和忧伤。

我坐在花布窗帘的暗光下写作，每一行字都在延续着此生与世界朝夕相处的关系。光线，我喜欢在微暗的光线下写作，那时候，我作为女人，一次次沦陷于爱情，与男人的关系教会了我辨别太阳和月亮的色泽，同时也训练我的理智和审美。

一个女人，尤其是一个写作者，除了拥有一间自己的房子外，还需要拥有自己通往外在世界的途径。男人，除了是另外一个性别，它被称为太阳、泥土；而女人被隐喻为水和月光。所有被人发明的隐喻，具有生动形象的概貌，是充满了诗意的另一种意识形态。

女人在接触男人的时候，实际上是用自己的爱意通过男人了解太阳以怎样的磁力普照大地，泥土以怎样的元素和深厚的层次滋养大地万物的原形。反之，男人同样可以从女人身上感悟月光为何如此的皎洁。溪流、湖泊、河流、海洋为何从柔软中荡漾出滚滚波涛。

不知人们是否忘却了从二十世纪九十年代初期诞生的卡拉OK，那是一个全民唱歌的时代，在城市的大小角落有很多露天的临时搭放的卡拉 0K 铺，你只要花两块钱，就可以自己点唱一首歌。歌星在这个时代从来都直抵俗世百态的生活，人们仰慕着舞台银幕上的各种明星，以至于在各种露天卡拉 0K 中，那些手握话筒的人，唱着歌星们流行的歌曲，消磨着自己俗世的情感生活。

那一年，一个男人将纸条塞进了我的门缝，说那天晚上他想去当时昆明最好的樱花酒店的二十二层楼，为我点一首歌。他说，他晚上八点半将在二十二层楼的歌厅等我，不见不散。我面对那张纸条，在今天回首这个小故事时，感觉到了时光的遥远，同时也触摸到了某种来自时代的特征。

一张纸条，写明了赴约的地址，但我并不知晓留下纸条的人到底是谁？我将如何选择？黄昏时，我忐忑着，有些好奇，便站在街头招手打了一辆出租车。

朦胧的黄昏，忐忑不安的自我，传呼机和卡拉 0K 正在流行的时代……我们正值忧伤和探索的年龄，在酒店门口，我下了出租车，进入了酒店的电梯。那是我的手第一次接触电梯的按钮，速度引领我向上，不知道为什么，当我在电梯中上升时，我有一种莫名的坠落感，反之，身体却在上升中。

当电梯门闪开后，已经到了二十二层楼的歌厅。许多炫幻的身影从我眼前飘过，我在他们的身影中穿行，如同迷途寻找到自我。他来了，一个看上去很朦胧的年轻男子，其实，我们两人认识，他在昆明话剧院工作。只是匆匆见过，他看上去很干净，永远穿白色衬衣，身边经常走着一位漂亮女子，在书林街我们曾多次擦身而过。

他走上前来邀请我坐到巨大的落地玻璃窗前，给我上了一杯啤酒，他告诉我：他知道我是作家已经有些日子了，今天非常冒昧请我来，就想让我跟他共享一首歌曲。我点点头，他点了卡朋特的《昨日重现》送给我，并和他分享。之前，我已经喜欢上了卡朋特的歌曲，而且非常喜欢这首歌曲，听完歌曲后他告诉我，他马上就要离开这座城市了，希望多年以后我和他都会在某一刻，回忆起共同分享的这首歌曲。

是的，他送我上了出租车后就从夜幕中消失了，之后，我再也没有见过他。这首歌曲曾陪伴了我许多年，他白衬衣上的香味，以及他充满骨感而略带忧郁的气质，成为了一种片刻而不经意间的回忆。

有些场景没有深渊也没有因果，它突如其来又消失，只是为了在短暂的时间相互忘却永不再回来。是的，那一年，我很快忘记了他，除了忙于写作，也要投身工作。之后，云南人民出版社创刊了《大家》杂志社，我很快进入了杂志社，这匹即将从西南地区冲出的黑马，将从什么样的起点开始驰骋于时间那永无尽头的远方。

远方是一个谜，它带领我们不断地穿越过去和现在的时光。

外面的人生

诗歌和小说交叉写作，两者的结构文风都不一样。因为它们的存在，我永远都是一个忙碌的人。因此，合理分配时间，是一个写作者必须具备的能力。分配好时间以后，要有执行力，简言之，要沿着这条轨道，在不同的时间中乘上不同的列车，从起点发出，再抵达终点。作为写作者的我，非常敬畏时间，因为时间永远不会为某事某物某人停留，时间同样遵循着日月的轨迹。我们生活在时间中，默默目送时间而去。

时间动荡不安，或以某种形式与我们的灵魂在一起，这一刻，天又亮了，是的，天亮了。

天空打开了窗户，我打开了我的心。

这就是日常属性吗？我该如何介绍自己，同时也拉开自己与他人的舞台，有些生活在不知不觉的回忆中已经被省略。太真实的纠葛一旦在时间中变得模糊，就意味着它将失去回忆的功能。

那一年，说实话，我过得异常萎靡，不停止地听音乐，只有听着音乐，才能写作。黄昏后就开始虚无慌乱，便约上朋友去酒吧，那一两年，我们几乎泡遍了书林街以外城区中央的多数酒吧。可能，那一两年的情绪特别适合坐在酒吧一角，边喝啤酒边听音乐，特别喜欢听忧伤的爵士乐，坐到午夜，让身体微醺后就在微暗的街灯照亮之下，寻找回去的方向。

我们会从翠湖走向文林街，这两处酒吧林立，而且也是文艺范众多的地方，这源于历史的镜头，它们似乎总能诱惑一代又一代人的脚步。在古代，翠湖的水泊贯穿于大观楼之间；在古代，古人贡考，可以划船从盘龙江进入云翠湖再入云南大学；在古代，现在的云南大学正门的台阶下面波动着翠湖的水流……

在近代，从青云街—文林街—文化巷—121 大街都是传说中西南联大精英教授和学子们生活的区域，在一些被精神幻境所打开的时辰，我经常会看见闻一多、朱自清、陈寅恪……的身影，他们就住在附近，我似乎走在他们中间，感觉到他们又轮回而来的场景。我冥冥中感悟着，我们今日所念想践行的，都是我们的明天。我还看见了年轻的汪曾祺，后来，我做《大家》编辑时，曾数次去过汪老家里组稿，那时候他虽已年迈，说到昆明，总是会絮叨着昆明的雨，昆明的米线、臭豆腐……

微醺后的我们沿着昆明老城区行走，从钱局街到武成路、国防路、金碧路……离书林街就很近了。夜色弥漫，仰头可以站在老街的墙壁下面看昆明的星空，我就是在这样诗意的微醺中一次比一次更深厚地爱着昆明，虽然它并非我的出生地。我正在以个人的足迹，开始不经意地深入它的历史和现在。

那时候的昆明城保留了许多与街景相连的老房子。在推土机未到来之前的老建筑体系，似乎依然以神性的力量延伸于朝露暮色，并与俗世共度明月春秋。当我们以一群个体的夜色行吟者游走于老街区的城垣、古道、残壁之间时，总是会在空气中嗅到从潮湿墙壁下发出的地基的味道。还有土墙上辉映的月色，而当我们猛一抬头，一轮圆月就在头顶之上……

作为写作者的我，慢慢地爱上了昆明，并深信这就是此生我写作生活的永久地址。一个人在他不知不觉走遍了城区的老街时，会滋生许多灵魂的走向，犹如遍及我身体中的血液倾向。我微醺时，用脚步丈量着城区的古老石板路，并发现了很多拄着拐杖还在街景后面的老房子外行走的老人。这一切触动了我对时间的又一次追求：时间就像是一轮天上的明月，总是在夜幕中辉映着各种年轮的脸谱，并照彻着梦境，仿佛是我们回荡在心底的安魂曲。

但仅有沉浸在个人孤寂中的写作是不够的，我开始步入本心，并以多种机缘了解世态。当一辆公安吉普车载着我们来到滇西的一所女子劳教所时，我们的车经过了一片很大的荒野。白云悠远，教会我们敬畏生命，清风入骨，启示我们以慈航寻找方向。

女子劳教所就在荒野深处，我们下了车，要沿着荒野中的小路往里走。这或许是滇西最大的女子劳教所吧。而且建在荒野之上的山坡，这似乎也是一种隐喻，诗人总能从现实中寻找到隐喻。我一边走，一边想象着犯了罪的女人们下了车途经这片荒野小路时的感受。她们触犯了法规，被车子潜送到此地，她们下了车，环顾田野，然后被押送人员带着往前走。前方深不可测，荒野两边的杂草像人一样高，它们会以四个季节来变幻色泽。如果春夏来，会看到绿色起伏荡漾；如果是秋冬，会感受到金黄枯萎的草，沿着荒野发出干燥的气味。而一旦走出荒野，不远处出现了一个山坡，有几幢红砖房，召唤她们往前走。

此刻，我也在往前走，荒野，这是深秋时节的金黄色，已开始转向褐色，我们的世界有春夏秋冬，有生有死。生命是多么奇妙的过程，哪怕是走在这荒野深处，我同样也能感觉到有翅膀在天空飞翔。

半小时后我们很快就走出了这片荒野，再往前走 20 多分钟，就接近了山坡上的红砖房。当我的脚步在山坡前行时，回过头来时，猛然间被山坡下的那片荒野之色所震撼。我什么话也说不出来，只是默默地看着落日辉映下的荒野，这是我近些年来，所看到的最为震荡我身体的荒野。它召唤我从过去的日常生活中走了出来，让我感悟世界的变化，在这变化之下是出现在眼前的红砖房，它们让我回到了知识青年上山下乡的年代。

山坡上的红砖房曾经是知识青年的农场，我在吹拂而来的微风中感觉到有些寒冷，一些往事过去了，另一些现实又呈现而出，历史反复地述说着过往的人事，变幻出现实的镜头。我们上了山坡，几个劳教管理人员站在路口迎接我们，并将我们安排到后面的一座最高的红砖楼住下来。这真是太好了，就我个人来说，真的很希望能够住下来，你知道吗？我那些年已经开始关注人的命运和时间的关系了。红砖房似乎还残留着以前的痕迹，那同样是一批理想主义的传说，他们从大城市来到乡村旷野，就是要手握锄头，像农夫一样学会干活，像世世代代的乡下人一样鸡鸣而起，到广阔的天地去锤炼自己的身心。

那一夜，我似乎已经忘却了这是女子劳教农场，反之，沉浸在昔日知青农场的历史场景中。

晨曦穿过了红砖房的窗扉，我便趴在窗口往下看去，在不长的时间中便看到了几个场景：一个女子站在院子里吸香烟，看上去她吸香烟的姿态很老练，灰色的烟雾从她手指缝中飘过去便消失了；一个女子站在墙角梳头发，长头发几乎覆盖了她的脊背；一个女子蹲在台阶上漱口，目光却盯着在天空中盘旋而去的一只小鸟……

我走下了楼，不知道为什么我想离她们近一些，如果能跟她们交谈那是最好的了，不错，我来到了她们中间，她们并不反感我的到来，不过，有一个女子竟然问我是不是新来的？

她的话音刚落，另一个女子马上说道："怎么可能呢？你们都不知道她是谁，是因为你们没有读过她写的小说，我读过，她刚从台阶下来，我就知道她是谁了，我看到过她发表的小说，上面有她的照片……”说这话的女子二十五岁左右，看上去很美，有一种刚经历了挫败的美。她说出的每句话都令我惊讶，在这座女子劳教农场，竟然有人读过我的小说，还认出了我是谁。她坦言道：如果不是因为情，她不会到这是来，因为情，她想杀了他，就这样，她被谴送到这里……

她还道：她曾经很想做一个作家，读了一些书，涂鸦了一些文字，但因为爱上了一个不该爱上的人，所以，她想杀了他……就这样，她的命运改变了，她将在此劳改两年半时间。

很多人都走上前听她说，她们似乎是头一次听她这么坦诚……是的，她够坦诚的了，也许她信赖我作家的身份，因为她也曾梦想过写作，在如此短暂的时间里，她就把自己的故事告诉了我。那个抽香烟的女人又划燃了一根火柴，点燃了一支香烟，她走近我用沙哑的声音低声说道：“你知道吗？那个鬼东西一旦染上，就难脱身……好了，我真愿意在这里永远待下去，这样，我就会永远摆脱那个不干净的东西了，但我只能待三年。你是作家，请你用作家的判断力告诉我，像我这样的女人，三年后走出劳改农场，会彻底地摆脱那个要我命的东西吗？”

她睁大了一双沦陷的眼睛看着我，如果不是那个东西让她的身心陷于苦难之中，那么，这双眼睛会非常美丽。然而，在某一时刻，她进去了，未经控制的灵魂一旦陷于魔沼，那么，等待她的将是什么？

人们所做的任何一件事，都是有因果的。尽管如此，我在她的追问中发现了希望，她自己是很想脱离人生中那个魔沼的，只要拥有这种信念，定能成功。我看着她的眼睛说道：“会的，三年后当你从这里走出去，你一定会寻找到属于你自己的新生活。”她点点头，迅速掐灭了手指间夹着的香烟，这已经是她面对我点上的第三支香烟了，我知道她很焦虑痛苦。有了这些推动她身心蜕变的因素，她一定能寻找到她的未来。我看到了她潮湿的双眸，她想说什么，但哽咽了。

我们离开了，再次走进那片荒野时，我有一种非常复杂而忧伤的感觉，我一直走在最后面，这样才有机会回头看山坡上的那几幢红砖房，在两种完全不相同的历史交叉中，却体现了每一个时代不一样的命运。渐渐地移动前行，高过人头的荒草已经挡住了我的视线，在简短停留的时空中，与两个劳改农场的女人对话，同时也让我看到了人性的罪恶。尽管如此，人性还有从黑暗中升起的光明，这也就是她们所期待的光亮。走出那片荒野时，我看到了荒野外的一条河流，孩子们在河边抓鱼摸虾，完全是另外一幅景象。

我站在河边，看着孩子在河边玩耍的场景，感受到了某种甜蜜的幸福感。一个五十多岁的男人赶着牛车从我们身边经过，牛车上有满满一车土豆。我看着从泥土路上前行的牛车，尽管牛车的速度看上去如此之慢，但转眼间，牛车已经从乡村小道上消失了。

我生活的一种姿态是一个隐居在八平方米房间的写作者。花瓶中开始插上了红玫瑰，那些年花卉业从昆明脱颖而出，是因为有了斗南花卉的生产基地。出门就能买到鲜花，在所有鲜花中我最爱的是玫瑰，或许这是从诗人弥尔顿诗歌中绽放的那一朵玫瑰，它孤傲地怒放着；或许是划破诗人里尔克手指的那支玫瑰，它充满了全部的矛盾……有了花瓶中怒放的红玫瑰，我的写作便有了均衡的呼吸声，从绽放到凋亡的玫瑰只需要一星期的时间。

我生活的另一种姿态是工作。从我住的房子到编辑部只需两三分钟，我和我的同人们在二十世纪九十年代初期，在编辑出版《大家》杂志的双月刊。写作的人们都知道当时黑白封面的《大家》曾被喻为从西南地区冲出的一匹黑马。二十世纪九十年代初，一批才华横溢的作家的名字——莫言、苏童、格非、贾平凹、叶兆言、陈晓明、谢有顺……他们的重要作品都刊登在杂志上，同时还刊登了许多前辈作家的作品。

身边是各种面孔，不同的年龄必定会让我们经历不同的故事。女人，她们是我的同性，在这期间，与我年龄相似的女子，以各种身份与我相遇。紫艳是一个高挑的女子，长得很像张爱玲，哲学系毕业后有过短暂的婚姻。她认识我不久就从单位辞职了。

她在我之前已坐在酒吧里，这是翠湖边的一个酒吧。里面有暗红色的灯光，白纱的窗帘，侍者大都是七十岁左右的青年，他们的目光忧郁，或许这正是我们喜欢这个酒吧的原因。那段时间，也正是我经常迷乱的时候。与好友在酒吧约会，上一杯加冰块的啤酒，细声诉说或倾听，无疑会缓解颓废的情绪。

紫艳告诉我她不再有单位，已经辞职了，想睡上三天三夜，然后从零开始生活。她还告诉我，辞职是自己选择的。当时，离婚后，她同样也睡了三天三夜，就走出了婚姻残留在她身体中的阴郁区。三天三夜对于她来说，就是前生今世来生的过程，她在其中脱胎换骨，想找到那一个真正在茫茫时空中漂泊的自己。

紫艳坐在酒吧中很冷艳，但冷艳中又透出一丝热烈，我们在酒吧，喝完了该喝的酒，说完了该说的话，买完了该买的单，听完了该听的音乐后开始撤离。离开酒吧抬头就会看见翠湖的夜空，这可能是整座城市最美的夜空。

我们离不开星空，在各种时态下偶遇不同的星空，会让我们领略宇宙许多神秘的轨迹，这时候，我不再去想那些迷乱之事。星宿中，纷繁的时间体系湮灭了我个人微不足道的小情绪，浩荡的天体正拥抱着大地。我目送女友打上了一辆出租车，然后再步行回去，习惯了在夜色弥漫的城市行走，不仅仅让我重新认识这座城市，也让我在夜色中更诗意地寻访到栖居的小屋。

三天三夜以后，紫艳早早醒来就给我的传呼机留言道：今天，我的生活将从头开始。我有可能会从这座城市消失一段时间，放心，我们理所当然应该好好活着。

我到电话亭给她的传呼机留了言：无论你去哪里，在最艰难的时候，一定要学会在黑暗中仰望星空。

之后，我感到泪眼蒙眬，那是上午十点半钟，太阳的光热，使我回到办公室上班。桌子上铺满了稿件，那时候的大多数写作者，仍袭用从邮局寄稿件的习惯。每每用剪刀剪开牛皮信封，都能触摸到那个时代的写作者对于文字的某种炙热追求。

除了少数的几个女友，当然生活中也有男性朋友。那年盛夏，我正在八平方米的房间准备写作，这是一个宁静的星期六上午，应该是十点钟前后，他的手放在了门上，轻叩了三下。打开门，他满脸喜悦，一进门就告诉我，是来给我送书的。他的手上拎着一个牛皮纸包，他进屋便开始解白色的绳子，我感觉到了他身上的热气，很快，绳子解开了，是七卷本的《追忆逝水年华》，天啊，这一直是我梦中所向往得到的书啊！这正是意外的来自梦中的礼物。可他为什么知道我在梦中的长廊期待着普鲁斯特的作品呢？

他是文学圈外人，这是我与他第三次见面，前两天，他请我吃饭，在书林街的一家小餐馆，他是来编辑部直接找到我的。他一米七五的身高，身着蓝色牛仔裤，蓝格子衬衣，相貌英俊。一个从未写作，与写作圈无关系的人，在餐桌上却跟我谈论文学，他私下看了许多文学哲学方面的书籍。或许，这正是我们第二次见面的缘由。第三次见面，就得到了他赠送的刚出版上市的七卷本《追忆逝水年华》。

激动之余，便伸手拥抱了他，尽管拥抱很短暂，却也是此生我与他唯一的一次拥抱。那天中午，我们依然去书林街的一家小餐馆用餐，他总是提前就买单。旁边的磁带店正放着黑豹乐队的歌曲，那一段时间，特别迷恋这支乐队，也特别喜欢窦唯，每次聆听到这支乐队的音乐时，都会忍不住闭上双眼。黑豹乐队从音乐到歌唱一一揭示了我们那一代人所经历的从精神到肉体上的迷惘，这是当时国内最有震撼力的乐队。

这一次，我们在餐桌上开始谈论普鲁斯特，在云南所有大小餐馆，只要你走进去坐在餐桌边，侍者们总是会先将一壶刚沏好的热茶送上来，所以，我们喝着热茶，开始谈论着七卷本的《追忆逝水年华》。非常有趣的是，旁边的磁带店铺中，也正好用音箱放着黑豹乐队的那盘磁带。

有些偶然，你根本就无法说清楚，也用不着说清楚。有些偶然，是上苍抚慰我们心灵的甘露。刚刚我房间里中断的黑豹乐队的歌曲，现在又从旁边的磁带店飘了出来。那个时代，我们的年龄和心灵，最喜欢沉迷的就是那种从沙漠中被黄沙和干燥的热风呼啸而来的歌唱和旋律。

我们谈着普鲁斯特，这是两种不相同的文化碰撞，然而，我却分明感觉到了无论是七卷本的《追忆逝水年华》，还是从旁边磁带店里传出的黑豹乐队的歌声，都是人类生命追求时间所缔造的共同旋律。是的，之后在我阅读《追忆逝水年华》时，刚拂开书页，就仿佛揭开了普鲁斯特置身其中的时间旋律……而在那天的午后，当我们离开小餐馆时，他就离去了，我站在书林街目送着他，他几乎没有回头，就从书林街浓郁的法国梧桐树荫下消失了踪影。

从此以后，我们再没有联系过，也没有听到他的任何音讯。他走后，我就开始阅读《追忆逝水年华》。我深信像《追忆逝水年华》这样一部伟大的作品，哪怕过一千年仍然会拥有读者，对我而言，阅读这部作品就像是历经了人生一次没有尽头的旅行。书中的人物与语言纠缠一体的时间，让我领略了人生秘密花园的出发或抵达的尺寸距离。普鲁斯特作品的迷人是永恒的，就像一条江流对我扑面而来，我能在它的涛声和细浪中感知到：这一条江流永无止境的时间和活力，无论它去到何处，都是涛声和细浪所编织的时间之谜。

二十多年以前，那个英俊的男人在那个春天赠送我的七卷本《追忆逝水年华》，仍然如同七块长方形的红色砖块，林立在我的书架上。对他的回忆，如清风远逝，只有七卷书籍留了下来。多年以后，我写下了这句诗：来吧，亲爱的人，唯有相逢与告别使我们永恒。

我趴在床上阅读，站着坐下阅读，在黑暗袭来的孤独中阅读，朝向打开的窗帘的光线饥渴地阅读……在任何空隙或寂寞中阅读，使我在那一年，在那混沌、抑郁、萎靡的年景中，读完了七卷本的《追忆逝水年华》。基于此，我有充分的理由，热爱上普鲁斯特这个伟大的作家。我也有充分的追忆年华流逝中的绵长絮语，触摸到那些离我而去的由另一些人带给我重温时光的美意。

除了迎着花瓶中红色玫瑰花的怒放，我开始聆听了另一些声音的召唤。

一辆车的胶轮味携带着我们几个人，来到了丽江。其实，在之前，我年仅十八岁那一年，就曾来到了丽江古城，那时候的古城不知道有多么美。在一个没有现代化的商业和蜂拥而来的旅游者出现的古城，我和当时的几个八十年代的写作者，漫步在古城的四方街，它是当时丽江古城最为热闹的地方。

我在十八岁那一年，坐在四方街的一家凉粉店里吃凉粉，黑豆制作的凉粉自然是黑色的。纷繁的佐料源自古城外的田垄，自酿的陈醋，熏制的辛辣品，使你的味觉像孩子般伸出了小手。还有古老的丽江粑粑，金色的香味，让我可以在四方街消磨上整个午后的时光。从雪山上流入古城的水汇到这里。那时候的丽江古城，真是迷人啊！美丽的纳西族妇女蹲在水渠边淘米洗菜。水渠里漂动着的青苔如同妖娆多姿的女性，我把手伸进水里，触摸到了青苔滑腻的纯净。那时候的丽江古城，是天地间的一座人文自然历史博物馆，它存在着，被天地护佑着。

雪山下的一座村庄出现在眼前，一条盛放着粉红色野蔷薇的小路中间是朝前奔驰的北京吉普，这一次，我们在寻访一个人曾经生活过的探险大本营。洛克，这个充满传奇的名字，召唤着我们。雪水融化后流入了村庄，洛克，二十世纪初期进入丽江的美国人，骑着马在一个阳光炫目的日子，踏上了丽江古城的青石板路。

对我而言，听到洛克这个名字已经有很长时间了。而走近他，已经近在咫尺之间。我们用脚步丈量的距离，是无限的尘土凹凸不平，或种植庄稼、树木，或弯曲笔直成为了后来的道路；我们用心灵所丈量的距离，滚动在天上的云朵深处，随同天穹而变化。

洛克，我来了，在你生活了27年的村庄，我看见了水渠，你是因为水而在这座村庄生活的吗？这一年，我们几个人怀着对洛克的爱和追求，步入了村庄。是的，在未曾进入这座村庄之前，我就搜寻到了洛克拍摄的大量照片，在他的古纳西王国所伸延出去的探险地理中，我看到了沿途的山水风光，俗世者们，和他们的面孔。这些来自西南边陲的影像，穿越了时光，在我面前清晰而朦胧。我还看见了洛克，他头戴礼帽，身穿西装，脚蹬靴，同他那支传说中的探险队队员们置身在峡谷、雪山、荒野。他的目光很傲慢，不知道为什么，我正是在他傲慢的目光中，感受到了一个人孤寂而广阔的内心。沿着玉龙雪山的冰川向着更遥远的区域探索的理想生活，在那一刻，我爱上了洛克。

村庄里的人用钥匙打开了那座尘封于岁月中的宅院，这就是洛克在西南边疆的探险大本营。门打开的刹那间，我接近了窒息。一个鸟巢悬在屋檐之下，这是一个令人惊喜的奇迹，鸟巢中有小鸟的声音，也许是刚出生不久的几只幼雏，是的，只有未长出羽毛的小鸟才会发出如此稚嫩的叫声。

是的，在不同语音穿越的地球上，作为人，这一携带着灵魂的使者，以置身于不同时代的命运编织着来自体温、骨骼、幻想的旋律。我有些伤感，亲爱的洛克，你能在另一个世界感受到我们的存在吗？为了寻找你，我们穿过了村庄外野蒿和粉红色的蔷薇小路。听说，你曾在这条小路上走了27年，时光如同你牵马时的缰绳，它捏在手中舞动着，漫无边际的尘土之下，是你的年华，从你书写的古纳西王国的文字中，我看见了你的年华。

我站在宅院中嗅到了你收集的植物标本的味道，那些曾经被你晾晒在院子里的植物标本，是你历尽艰辛从各种海拔的寒冷的峡谷、炎热的河谷地貌中收集而来的。我上了楼，到了你的卧房，木格窗户朝外敞开着，这是你的习惯，因为你每天都在窗户前迎来曙色，并观测天气的变化，以此选择出门探险的时间。听说，夜晚，你总是坐在窗台下，一边喝着热咖啡，一边观望着天上的星宿。而且，你还喜欢闻着从四野里荡来的青草的味道入眠。

多年以后，我上了楼梯，尽管村里人不时会来清除洛克故居的尘屑，楼梯、栏杆、卧房依然有一层可以看见的灰尘。我们的现实世界离不开灰尘，这是为什么？因为有尘埃，万物均在茁壮成长。这样一思考，灰尘便成为了美学，成为了诗歌中的隐喻之一。

我们是为大千世界的无尽数的隐喻而活着的，就像此刻，我站在洛克的卧房，仿佛看见洛克就站在窗前。这一刻，虚幻中的我，竟然又嗅到了田野上牛羊粪便的味道，还有青草正在生长的味道。这一切是语言中存在的隐喻，当我面对这一切时，总是会寻找到语言的根源。

这宿命微小而渺茫，却时刻让我灵魂跃起。洛克，就在这座村庄生活了 27 年，他一生中最美好的时光都是在这座雪山下的村庄度过的。他曾经有探险队，春光弥漫时，他就会带一支由附近纳西族男子组成的探险队伍，从村庄出发，去探索西南边陲不为世界所看见的那些直插云霄的海拔。在神秘而变幻无穷的云舍之下，是洛克的足迹，是他搜寻的植物标本的领地，是他用手中的照相机所拍下来的人与自然的现实。

洛克的生活，使我寻访了他出入过的部分山川地貌，沿着他的足迹，在以后的时钟辗转下，我为这个所感动，充满传奇生涯的探险家、植物学家、人类学家、摄影家，写下了《洛克传》。

到了今天，洛克生活过的那座村庄，已成为丽江又一个旅游者们必去的景区。有好多次，我再次走入那座村庄，那座昔日安静的村庄已不复存在，无数的客栈餐饮业占据了村庄中心的位置，洛克故居修复后已经向游客开放。尽管如此，我却缺少力量跨入洛克故居的门槛，我害怕多年前上去时触摸到楼梯上看得见的尘屑，被管理者们涂上了油漆；我害怕格子窗换成了金属窗；我害怕蜂拥而来的旅游者，让喜欢孤独的洛克忧心……我徘徊于村庄后又离开，整个过程，充满了一个人的彷徨和矛盾。

写作者，一生都是在无穷无尽的彷徨和矛盾中延续生活的。那一天，我离开了洛克的故居，沿着新铺好的石板路往前走，许多旅游者以各种姿态站在石头屋前拍照，二十一世纪的手机，具有上好的拍照功能。

好了，我还是要回到过去的时间中去，因为我的叙述是从过去时态中开始的。

马克·吐温说：一本书的成功不在于你写了什么，而在你省略了什么。

我该省略的会随我的笔尖省略，它细如纤毫，我们的心在其中深入，在楼下我看见了洛克的皮箱，陈列柜中的拔牙器具。洛克曾在这座村庄为无数村民治愈过牙周炎，而且还拔过牙。这是洛克除了探险、制作植物标本、人类学、摄影之外的又一爱好吗？这一切让我感受到了洛克性格中又一种温良的习性。这一幕是无法省略的，也是不可以省略的，恰好在那一刻，我在光线晃动中看见一位老人走了进来，他应该八十岁左右，黝黑的脸，嘴唇嚅动着，我已经感觉到他有话要说。是的，他用方言揭示了多年以前的真相：当他还是一个六岁孩子时，那年夏天因为他的一颗牙齿晃动，爷爷就让他来找洛克大叔，他光着屁股跑进了洛克的探险大本营，洛克看了看他的乳牙说，这颗牙齿要掉了，大叔帮你拔了，新牙齿就会长出来。洛克让他闭上双眼，转眼间，洛克就将拔下来的那颗牙齿交给了他，并告诉他，让他回家埋在院子里的苹果树下，这样新牙齿很快就会长出来了。

后来他用手握住这颗小白牙，奔跑着回到了自家的后院，遵照洛克大叔的嘱咐，将手里的牙齿埋在了一棵苹果树下，果然，半个月后他的新牙齿长了出来。老人回忆着这件事，很自豪和骄傲。村里人告诉我，只要有人来访洛克故居，老人总是会出现，他反反复复地向来访的人们讲述这个故事。在他一生中，多年前的那一幕是如此的清晰，无论时光流逝，他仍然停留在跑进洛克探险大本营的那一刹那，世界就停留在那一刻……

男 人

在许多个属于自我生活的范畴之中，我们不知不觉中已经失去了热烈的爱情，男女之间的关系，面对时间总要经过水与火的熔炼。这熔炼要么使两者继续往前走，分享一路上奔涌的河流，星空下燃烧的烟花；要么就在某一程旅路上告别，各走各路。

我对熔炼术的记忆，来自幼年上学的路上，在滇西小镇的铜匠村一古老铺子的炉火前，几个赤着上身的中年男子，围着红色的炉子在打制铁器，我看见火焰将铁烧红，男子们又将烧红了的铁放入一坛水中，忽儿是烟雾缭绕，忽儿是火光升腾，这就是留在记忆深处的古老而原始的熔炼术。

在云南，更早而古老的熔炼术早在两三千年之前就已经开始了。这是后话，我现在还是回到形而上的熔炼术中，回到男女关系的问题上。就我的个人经验和他们和我们，还有你们来说，在人的一生中都绕不开男女关系的问题。

问题——这是写作与世态之间的全部主题，我们出生以后就开始面对问题了。首先要剪断脐带，婴儿肚脐上那根脐带，何其柔软，然而，我们却听见了剪刀的咔嚓声，之后我们与世界的关系是要接受母乳和拥抱，接受语音在耳边的摩擦回荡，这一切都是为了我们有一天将身体从大地上立起来。仪式是多么美啊！从这一刻开始，我们挥舞着小手，无论这世界有多遥远，我们已经欢喜地出发了。

熔炼，形而上的水与火，同时也是太阳和月亮的交相辉映在等待着我们。

光来了，这是太阳的光泽，它是一个巨大的光轮，照耀着万灵的身体，称之为生命的东西，随同光在生长，我们就这样来到了人间。月光似水，洒在身体上，仰起头来看月光，总是会感觉到白月光像水一样在我们身体中流动。

男女关系，简单而又复杂。在窗口，他们彼此看见，便开始牵手，这是一个短暂而又长久的关系。在那一刻，我们牵到了手以后，能走到多远？

男女关系的长久和短暂，其根源在于他们在水与火的熔炼中能否赢得热烈和冷却的时间考验。

好的，我们现在不谈爱情，尽管在那一时段中，他来了。他是飞来的，与飞行距离有关系，每次飞行之前都要准备，要计划好时间，我们相互之间的时间是否够我们消磨于爱情至上的乐园中。他与我相隔无数的距离，他需要在空中飞行五六个小时，才能抵达我所生活的城市。在传呼机流行的年代，我们同样也在利用传呼机以此呼叫对方，寻找到对方的声音、当下的足迹。人在恋爱中时所有的生活都很恍惚，尤其是女人，当爱情降临，就像天天都在星宿中寻找梦的轨迹。

他来了，穿过空中的距离，这距离使我们每次见面都不易，从而显得珍贵，每年的两三次见面，要么在云南，要么在他的城市。多数情况都是在我生活的城市，因此，他的飞行距离让他会很辛苦，但每次在机场见到他，都看不到他的倦容。

我们相遇时应该是我们最好的年华，虽然已经不再青春了，但我们已经从青春的跑道进入了另一条跑道。如果说青春的爱情跑道是葱绿色的，那么连接于青春以后的另一条跑道就是杏黄色的。

在这个年龄段，省略爱情基本上是不可能的，当逝去的爱情变成回忆时，谈论爱情已经成了一门艺术。是的，我们相遇时，其年华已经从青春那葱绿色的跑道，转身进入了另一条杏黄色的跑道，这是我所喜欢的颜色。在我生活过的龙翔街与文林街之间，有很多银杏树，我在树下行走时，透过街景看到了树枝上的绿转青黄的过程。除此之外，毗连文林街与青云街、文化巷的云南大学校园内的天空，完全是银杏树枝所覆盖的天空。倘若秋天你在校园中漫步，满地的杏黄色铺满了花坛、小径。在云南腾冲的一座村庄，当秋天的银杏黄开始在天空飘动时，旅游者便从世界各地奔向银杏村。

银杏黄，让我想起了与那个男子奔往的跑道，我们在这条跑道上相遇，必将在这条飘满银杏色的跑道上讲述我们的故事。然而，我们究竟能在这条跑道上跑多远？那时候，城市建设还很缓慢，整座城市的原貌犹在，它伴随我们用爱情的脚步丈量着幽深密布老街深处的石板小径。

恋爱者最能感受一座城市的历史和现在，因为他们并肩或一前一后的脚印，始终在沿着一座城市从历史中绵延而来的原貌中前行。有了恋爱者那些饱含温情而幻境的目光，一座城市便有了爱的灵魂絮语。

谈论爱情，对于已经转身步入银杏色的男女来说，不仅囿于男女之情，从他们目光下呈现出来的山川地理和历史风物，都是恋情中的小世界。男女之约，最能收藏世界万象的变化，但在我们置身的时代，城市的推土机还没有以巨速铲平城垒倒下的土砖石墙……在我们起伏而又充满喜悦的呼吸之下，时间，快或慢地伴随我们的心跳，突然间，燕群在瓦蓝色的天空中飞翔。

谈论爱情，有时候，是跟随一个步履艰辛的老人在前行，我们曾跟随老人的背影和拐杖下古老的青石板路，每当拐杖一高一低地落在地上的声音传入耳朵时，从我们的情绪中会产生一种低郁的旋律。而当一群燕子飞过时，我们仰起了头，目送着燕子去寻找它们的燕窝，拄着拐杖的老人已经从我们的视线中消失了。

谈论爱情，离不开我们身边的世景人文，没有它们的存在，任何热烈的爱情话语，都会变得枯燥，或失去生命的根须。简而言之，谈论爱情离不开从我们眼前升起的帷幕，在层层叠叠的帷幕之下有众鸟的翅膀和飞行线路遇到的暴雨和闪电；谈论爱情离不开我们身边的人或事，美少年们的奔跑，使我们顿悟时间得快，老人们拐杖下的路，使我们悲悯内心柔软，婴儿的笑，让我们感受到春天万物的成长。

除了谈论爱情之外，还有写作和生活，尽管如此，远距离的飞行总是会让人疲倦的。两者的对峙、抚慰、诉说、猜疑、爱欲都在时间中不断地飞跃或蜕变。没有变化的爱情故事是没有的。

除了爱情，生命中还有更多的磁力。又一年，我沿着丽江、迪庆的虎跳峡往前走，每次面对金沙江，我总是饱含热泪。旅游者轮番地跳到虎跳峡的巨石上拍照，我幻想着传说中的那只老虎纵横于波涛中，纵横于这块巨石之上。人类的所有传说，都是从风谣和口头传说中保存下来的。

我坐在江岸的另一块灼热的石头上，幻想着从峡谷密林的金沙江岸纵横而来的老虎，几乎所有现实和传说中的老虎的皮毛都是金黄色，这是我喜欢的一种色彩。自有天地以来，万物万灵演变不同的色泽，每一物每一灵都有它们从远古以来寄生在躯体中的色彩，通过色彩，产生了辩证法，认知力。

那时刻，还没有智能手机，旅客胸前各种型号的照相机，有些摄影家则肩背沉重的摄影器材，他们不喜欢热闹，寻找着自己独特的拍摄位置。他们趴在峡谷的灌木丛中，或者占据一个蜗居似的夹缝，以此驻守，等待最佳光线。对于摄影者来说，来自天与地之间的光线特别重要。

我沿着虎跳峡以上的江岸往前走，砾石摩擦着我的脚板，感觉到世界上什么都不存在，生命中只剩下了眼前这条金沙江奔流而去的镜头。一个牧羊人坐在峡谷的石头上，一大群黑山羊在峡谷沙滩上寻找牧草。这是一个中年男子，他手里竟然捧着一本书，在天远地偏的金沙江岸峡谷中，竟然有一个看书的牧羊人。

我有些惊奇地走近了他，与他搭讪，因为出生于云南，我对云南各地的口音基本上都能听懂，交流起来也就无障碍。他手里的书是金庸的长篇小说《书剑恩仇录》，他说已经读过《雪山飞狐》《天龙八部》等金庸的武侠小说。我听后很惊叹，你们知道这是二十世纪九十年代初期总是会让人畅想，请你们回想一下这个阶段的自己在做什么？你们能想象得出，在干燥炎热的金沙江峡谷区域，一个牧羊人在读金庸的武侠小说的场景吗？

书，泛黄的书，已经有时光印痕，且被很多人看过。交流中，牧羊人告诉我，书是从村里的一位乡村教师那里借来，那个乡村教师喜欢看金庸的武侠小说。

牧羊人的面孔黝黑如江边的岩石，他告诉我只读过小学，后来就辍学了……他从少年时就开始牧羊，现在已经三十多年过去了。谈到金庸的小说，他很兴奋，露出了白色的牙齿。他说，自从借到了金庸的武侠小说以后，牧羊的时光就过得很快，而他恨不得追踪书中侠客去穿越时空，但每天夕阳西下时，他才意识到该赶着羊群回家了。看着他的兴奋状，我留下了他村里的地址，想回到省城后，给他寄一套金庸的武侠小说。我该离开了，让他看书吧，我看出来了，金庸的武侠小说，给他的牧羊生涯带来了无限的快乐。

告别后，当我回身时，又看见他将书铺在膝头，开始了一个牧羊人置身于金沙江岸峡谷中痴迷的读书生涯……书，一个人的书房，可以是大地的一部分，一本书可以铺开了膝头，面对寂寥的金沙江，沿着语言的跌宕起伏抵达尽头吗？

这个牧羊人感动了我，回到省城后，我就给他寄了一套可以购买到的金庸的作品，直到如今，我也不知道他是否收到了那套书。尽管如此，那套书已经顺着当时的邮路抵达了他古老的小山村。我深信，他终于有了一套属于自己的书，而且，这套书会被收藏在他居住的土坯屋中，同那些古老的谷种、农具生活在一起。从那以后，我就有了送人书的习惯，但凡我读过的好书，总是反复地购买，一次会买下几十本，送给喜欢读书的朋友。身背砖头般的书回家，如有一天去会见爱书的朋友，便带上书，我发现了书作为礼物赠送给朋友的喜悦。

离开牧羊人以后，沿金沙江上游行走而去。前面有一个神奇的地方，一直是我心生向往之地。热风继续拂面而去，我们所途经之地，都是地球上的版图，在人生有限的时光中，如能随风荡气回肠，定能寻访到那些神奇的地址。

就这样，江流变得越来越宽，石鼓小镇出现在我眼前。我可以告诉你，云南省丽江市玉龙纳西族自治县石鼓镇，位于丽江古城西部，东邻九河乡镇、龙蟠乡，南接石头乡，西、北部接黎明乡，是历代兵家必争的战略要地，因镇上有一块汉白玉雕刻的鼓状石头而得名……距离丽江古城不到 60 公里，因诸葛亮南征时期立石鼓而得名，在著名的长江第一弯。

除此之外，红军曾在这里渡江："1936 年 4 月 25 日，由贺龙、任弼时、关向应、萧克、王震等率领部队到达丽江后，即分兵两路，奔赴石鼓镇抢渡金沙江。在石鼓镇以上 60 公里江岸的 5 个主要渡口上，以 28 个船工，7 只木船，几十只木筏，经过 4 天 3 夜，让部队 1.8 万人全部渡江，将追敌远远甩在了金沙江对岸……"

沿古镇行走，有台阶似的古道，几千年前的古战场，红军渡江的场景，仿佛仍在宽阔的江面上激起波涛。坐在长江第一湾的礁石上，凝望着雨后挟持着泥沙的河床，仿佛置身在不同的历史境况下，与各路英雄相遇。我们确实需要以想象去重温历史。石鼓镇充满了世俗生活的面面观，上台阶时总会遇到烤土豆的火盆、烧烤摊、水果铺、染布店……我喜欢看这一番场景，耳边是地道的石鼓镇的口音；我喜欢站在他们之间，买下当地人烤熟的土豆，坐在矮凳上品尝本地的米凉粉，再喝一碗木瓜水。

之后，住进石鼓镇的客栈中，这些客栈当年都是马店，枕着客栈的绣花枕，在暗淡的白炽灯下，想象着诸葛亮南征此地时立下的那面石鼓。时间已经太久了，鼓面上因时间而蜕变出了许多弯曲的花纹。诸葛亮南征时在云南广袤的大地上留下了许多足迹，只要行走，总会有他的传说。

一只猫在叫，好像就栖在窗外的墙头上，我打开窗户，果然，如我所料，那只猫栖在窗外的另一堵快要坍塌的土墙上。一个女孩曾告诉我，夜里看一只猫的脸，很像传说中的鬼脸。我是一个在夜里阴气很重的女人，也许到了夜里，黑暗会使我产生许多幻境。

幽残壁上栖着的那只猫是白色的，我想起了那个女孩诡异的话语，然而，我却又分明在睁开眼睛去观望那只猫的存在。这时候，竟然下起了小雨，在我途经的金沙江沿岸，气候都略显干燥，所以，雨，来得正是时候。雨，适度的雨，是万物的甘露，何况，我所途经的路上，庄稼地看上去早就渴望雨水的滋润了。那只白色的猫需要雨吗？在别的夜晚，这样面对面地与一只猫对峙，对于我来说是不可思议的一件事情，然而，这一夜我却完全可以用温柔的目光感知那只猫的存在。

神灵赋予了我们时间进入了各种不同的场景，此刻，我看见那只白色的猫静静地享受着细雨，它的皮毛似乎也同样需要细雨的滋养。我索性下了楼，这夜我超反常，不仅带着身体中惯有的阴柔，还感觉到有一种莫名的力量在陪伴着我。我走下了陈旧的木楼梯，便出了门，哇，夜里的石鼓镇，仿佛被细雨完全浸透。湿润的空气，让你想飞翔也想落地。

步入湿润的石板才发现仍有夜行人的影子，他们或成双成对，或单个，总之，我并不孤寂，天空中飘忽着游丝般的细雨。突然，一个男子举着一把黑布雨伞靠近了我，男子三十岁左右，穿着布衣和一双黑色圆口布鞋，这是我曾想象过的一位男子吗？但他的语言又很现代，他说，下雨了，你一个女子在这石板路上行走，不害怕吗？我笑了笑，他说我陪你走一段吧！我已经来石鼓几十天了，我对这里的每条小巷都很熟悉，我是研究历史的，你不用猜疑我。我只是觉得你看上去像外地人……因为又下雨了……他不经意中解释着自己的存在，或许是我的目光中有隐隐的猜疑和惊惧。

他陪我走了很长时间，绕了许多我未曾走过的小巷……夜里的石鼓镇，仿佛有许多灵魂在行走，不仅我和他，还有猫和狗的影子。我们边走边聊天，我已经记不清楚我们穿越小巷时说了些什么。时间太久了，我们又来到了长江第一湾的沙滩上，夜风吹拂着我们的面颊，他说，当年红军就是从这里渡江的。只要谈到红军，我仿佛什么都不害怕了。

后来，他将我送回了客栈，我上了楼，窗外的那只白色的猫已经消失了。我掩上窗，钻进了被子，当时的客栈并不是每天都有人居住，房间里的床上用品并非每天洗。在雨后潮湿的空气中，我隐隐感觉到了被子上残留着别人的味道。

第二天，第三天，我曾有意搜寻那天夜里陪我行走，撑着雨伞的男子，但是我再也没有看见过他。此事，每次回忆，都有些莫名的诡异，但终寻不到答案。人生更多事，是无答案可寻找的。

终于，我有了两房一厅，这在 1995 年，对于我来说是一件生活中的大事，首先请装修工人为我打造书房，深紫色的书架就嵌在墙壁上，书桌也是紫色的，那一段时间，异常的迷恋紫色，就连卧房的衣柜也是紫色的。装修完毕之后，便要搬家，我已经在书林街 100 号八平方米的小屋住了五年，感恩上苍让我拥有了两居室的新家。当时，好像还没有搬家公司，年轻的小说家陈家桥刚学会开车，便驱着他的微型车来帮我搬。

陈家桥是安徽人，因为爱情来到了云南。一直以来，我都非常喜欢陈家桥的小说，他最喜欢去云南图书馆写作。当时的陈家桥很年轻，他喜欢写小说，喜欢开车……后来，随着工作的变故，他又回到安徽合肥，我已经有二十多年没见他了。

那一年，我的所有书籍装在纸箱中塞满了他的微型车，他当时刚学会开车，我坐在旁边，他会猛然刹车，车身在晃动，让我心悸，但他满不在乎。青春，就是那么美好啊！祝福二十多年后的小说家陈家桥，平安吉祥。

二十世纪九十年代中期，我终于搬到了心仪的房子中，书房和卧室可以分开了。这种感觉是幸福，这是我人生中最为自由和幸福的时刻：伴随着写作，也会产生对生活的迷乱。颓废时，会启开一瓶红酒，就着酒意看了许多影片，如《走出非洲》《燃情岁月》《印度支那》等。写作在这一阶段以疯狂的速度消磨着我的忧愁和迷乱……

忧愁和迷乱——或许是我写作和生活与时间韧力不断纠缠我的两种情绪，置身其中。如果没有写作，我可能会是另一种命运，然而，我很少去研究除了写作外的人生，我还有另一种命运？年少时那些幻想穿上军装，在军营中生活；到乡村去插队落户，做一个女拖拉机手；跟随一辆绿皮的慢火车做一名乘务员等。这诸多理想，都在写作垂临我以后，渐次消失了。

陪伴我的写作，终将消磨我的年华，那一年，我开始坚持早晨洗冷水澡，很多人坚持不下去，而我，坚持了一周以后，就再无法离开冷水澡了。现在，很多人谈论定力，说如何培养孩子们的定力等。实际上，关于定力这件事，很多成年人也需要培养。

就我的经验来说，所谓定力，是要在某一天，某一时，某一刻，遇到了让你瞬间迷失其中的事物之后，就看你的造化了，那么神奇的生活也就开始了。你沉迷其中的事物，它们在囚禁你时，也在泅渡你的时间，直到这件让你沉迷已久而无法抽身时，它就占据了你生命最为重要的空间。你将为此付出全部的代价。这就是定力，你已无任何命运可篡改，你就是在其中成为奴隶或神仙的那个人，因为爱，你已经增长了一生的定力，再无魔法可去除你的心魔。

所以，定力，需要时间机缘。如同爱情，该来的时候总是会降临的，该失去的时间总是会失去的。只有爱，从你内心深处诞生的爱，永驻于你的年华，并伴随日月而周转不息。

这一年，我开始书写新的文体，从《女人传》到《男人传》《身体传》《爱情传》《香烟传》《乡村传》等系列跨文体写作。早六点起床，之后是冷水澡，早餐，写作……那时段我在单位是每周一、三、五上班，自从开始了将写作视为生活方式以后，就在为争取自己写作的时间而搏斗。那一年以后又一年，很快就是两三年时间过去了。

家用电话开始普及，传呼机已经开始进入末日，有些富人开始用手机了。电信的革命必将带来让你无法想象的速度。手机刚出世时看上去很笨重——它们斜挎在为数不多的老板们的皮带扣子上，他们在人群中拿起手机讲电话，仿佛在宣告他们的财富和身份，因为，当时的手机很贵，一般人买不起，他们和我们还在沿袭着原来的传呼机。

在老城区我看见了一台推土机，这是一个秋风肆无忌惮的下午，我恰好经过了那条老街，在我的国家和全世界各地，都有城市的老街。它们看上去就是历史这个词语下的一幕幕上演的故事。拾级而上，听见了刺耳的声音，目光便顺着声音而去，看见了一台体积超大的机器，金黄色的体积下有坦克似的滑轮。毋庸置疑，从这一刻开始，推土机进入了老街，一个改造旧城的时代就在我们的目光之下开始了。推土机开始向一座旧宅开去，轰鸣声下的老墙开始倒塌，几位买菜途经此地的老人站在台阶上观望，用昆明话嘀咕着，一个拄着拐杖的老人目光漠然又忧伤地望着推土机下面扬起的灰尘……

摧毁一座老宅很快……半小时后，那座宅子就消失了，我目睹了全部过程。城建规划的现代速度正在改变着我们周围的世界。这速度如此之快，几乎是睡一觉醒来以后，金碧路上百年的法国梧桐树就消失了。那些充满了灵魂的树都到哪里去了？我以个人的忧伤在拷问着自己的目光。于是，我走出了书林街，向金碧路和武成路走去，这两条老街是改造得最快的。

那些撑起了街景天空的梧桐树，在四季中发出了不同的咏叹调，如同排箫下舒缓幽远的旋律，给城景百年的历史带来了色域之下的视觉，抚慰一代又一代人的记忆……我并非是从小就在昆明出生长大的，然而，我却对这座城市充满了炙热的感情。

就连树根也找不到了，轰轰烈烈的城建速度下是飘忽不尽的灰尘。作为个体，我们真的太渺小了，我们无法改变世界，正因为如此，我们要找到自我下的影幻，只有投掷在茫茫天际下的影幻是虚无的，也是最为真实的。于是，我又重回到源头，这是属于语言的源头，从此刻出发，世界在变，我们的生活方式也在潮流之下不得不接受变化。

随同传呼机的消亡，手机进入了电信市场。当我的黑色传呼机即将消失时，我又一次查看了上面残留来不及消除的留言，那时候还没有产生垃圾留言。这些与个人生活相关的留言，将属于过去的时光。终于，我关闭了传呼机，开始迎接手机时代的降临。初次使用手机，依然很笨，对我而言，使用所有的电子设备都是不得不选择的生活方式，仿佛我的心远游之外，在那些古老缓慢的节奏中行走太久，总是无法适应新的时代。

在潮流不断轮番的革新之下，爱情也在悄无声息的变革着：我与他的联系在传呼机的时代热烈缠绵，总是借助于手掌心中小小的传呼机，呼叫着请传呼小姐留言，以此寻找着对方；而当手机时代来临时，我们的爱情已经开始降温。

男女关系并非因为方便快捷的通信速度而增长，反之，太快的速度使两者失去了激情。我的挎包里，在二十世纪九十年代后期增加了一台诺基亚手机，它的功能是方便我们打电话。当我开始使用手机，人们成批成批地进入了使用手机的领域，我之所以不断地强调电信业的变革，是因为手机改变了我们今后的商业、阅读、生活方式……手机的降临太快地制造了刷屏的速度，不过，在我刚使用手机的那一两年内，手机仅仅为了方便我们通电话，方便我们会见朋友。

手机来到了挎包中——多年来，我都习惯身背斜挎包，那种可以斜挎在肩膀，穿过身体的挎包。女人的包内有口红、粉饼、梳子、小圆镜……这是基本的东西。但我的挎包内永远都会有一本书的位置，还有纸质笔记本的位置。书与笔记本，与包中纯女性的物品在一起经常会发生碰撞，尤其是当我走路时，我经常能够感受那些小物件与长方形的书和笔记本抗议，在抗议后又和谐相处的状态。

无论换什么样的挎包，里面一定会有我近期读的那本书，一本新书或者是过去读过的另一本书。书，翻过的书从枕边进入书架，会染上我的气息，一个女人枕边的气息中有发丝味。书最终又会回到书架，那里才是书籍永久的居所。然而，书也已经回到我们手指间……总之，如果挎包中没有书或笔记本，就会感觉好像是没有背包，心里就不踏实。手机还是有重量的，尤其是当时刚出世的手机。

我的宿命总是会在某一刻驱使我出发，于是我醒来后，拂过窗帘的某种冲动。其实，冲动是从黑夜中就开始了，生命中我们以其身体力行总想去探访那一座座存在于历史中的旧城堡，还有自然的秘境。在近些年，我都会与滇西会面。这一次，我们来到了迪庆藏族自治州，当时它还没有更名为香格里拉。

车子越过了虎跳峡。滇西，在我生命中总是如画卷展开，冲天河一直伴随车身前行。这条河流并不著名，而且它的名字也很普通，它只是一条从山峦中将几十条无名的溪涧汇集而来的河流。然而，正是这条河流，使我坐在车窗口，目光在车窗外游荡。因为路况不好，车速很缓慢，我能捕捉到冲天河清澈的水流，河流中各种异形的石头。竟然看到了无数的松鼠在树枝上跳舞，隐约中还看到了两三只猴子在攀越树枝。沿着这条河流，逐次看到了牧场，我可以欣慰而骄傲地告诉亲爱的读者，云南是我在这个世界上遇见的，自然生态保护得最好的地区。

现在，让我来说说路上的那些野生灌木丛吧。这是我在诗歌中反复使用的意境，冲天河两边延伸出去的野生灌木丛竟然跑出来了一群兔子，这不是家养的兔子，而是野兔。在没有栅栏的天地，所有生物都充满了野性。将目光深入进去就可以看见森林了，绿莹莹的树枝上垂悬着的是苔藓……

牧场出现了，五月的牧场已经开始充满了暖意。我们可以将车直接开到牧场中央，从车上下来的每个人仿佛从刚出一座封闭了很久的水泥楼中走出来，他们睁开双眼，朝空中舒展着手臂。在这样的时刻，我通常会从人群中悄然溜走。

并非我不合群，而是我总是跑得很快，只要身体落地，总有从空气中飘忽而来的某种声音在召唤我。这种现象使我很快就有了方向感。果然，我顺着牧场一股细小的溪流，朝前走，一个肩膀上披满了几十根小辫子的藏族女孩站在牧场中央，几十头牦牛和绵羊散布在她周围。白色的云朵仿佛就在她的头顶飘荡，天啊！这个世界，使我的灵魂又一次跃起。虽然牛羊布满了草甸子，但空气仍清新袭人，我想，正因为人与万灵和谐地生活在一起，才使空气水源如此干净。我轻盈地漫步着，在看不见城市推土机的时空里，剩下的是像仙女无忧般的生活吗？

在广阔的牧场上，我低下头，这就是我的姿态，从那时刻，我知道了人是如此渺小，我们只不过是大地上从尘埃中脱颖而出的小草，最终还会回到大地。这种微妙的感受，使我走近了那个有几十根小辫子的牧羊女，她的脸让我又一次地想起了青铜器，仿佛她是从一座古老城池中走出来的……

是的，越往前走，离历史上的独克宗古城就更近了，在很多时空中，我并非是一个单纯的以游玩为目的旅行者，我与这个世界该保持的那种距离，使我有时间沉迷于发现时间缔造的关于人类的故事。这些故事需要我去想象，小说家余华曾说过，强劲的想象力带来现实，这句话久而久之就成为了真理。而一旦我与这个世界融入一体时，我的躯体语言倾听着风语的召唤。而有时候，一滴甘露就会治愈我的咽炎，一支风中摇动的蒲公英就会使我看到荒原尽头……

向日葵

去吧，去吧，去吧……有时候，耳边总会回荡着风语声，它召唤我继续往前走，在牧场，我与那个有几十根辫子的女孩坐在牧场的土丘上，上面长满了紫蓝色的花朵。我们的年龄相差几十岁，但仿佛没有距离，坐在隆起的土丘上，我们都生活在这个地球上，女孩摘了一朵花递给我。

我喜欢花，有一天夜晚，住在荒野深处的一座果园里，这是我喜欢的，荒野并不是《呼啸山庄》《简·爱》中纯英格兰荒野，这两部长笛式呼啸而来的荒野，对于我的阅读量增长很大，在很长一段时间里，我对这两部小说的热爱，仿佛也是对两位英国女作家书中呈现的英格兰荒野的热爱。

云南的荒野，湮没我幼年成长时的脚丫，在变幻无穷的云层下，它成为了我幼年成长的乐园，时间虽然短暂，却让我寻找到了更多的云南的荒野。哦，偏题了，这是游牧民族的习惯吗？

我相信我的祖先们，曾是游牧民族的一部分，他们在战乱中不断迁徙，当时没有指南针，他们在高山森林的屏障中，只能跟随日月的移动往前走。

其实，写作同样也是一种跟随语言的漫长游离。它让我们寻找光热与黑暗，水源地与安居地的距离，说穿了，我们一生都是在距离中看见自己也看见他人。世界在游离中变幻，我们在游离中轮回，践行着因果的关系。

那天夜晚，我住在荒野中的一座果园里，月光皎洁，仿佛有千万束银色的光照耀。我看见了一片紫蓝色的花骨朵，便突生梦想，放弃睡眠，守候在这片花骨朵前，观看它们绽放的情景。

有些梦想只需要等待和守望：坐在那片花骨朵旁边的石头上，同行者都到房间去睡觉了，他们告诉我说，这是治愈失眠症的天然乐园，不睡觉太可惜了。我没有告诉他们我的小秘密，免得他们聒噪，我深信，月光如此皎洁，保持安静是最好的朝圣。

观看一个花骨朵在夜色中绽放，也是一种朝圣。我们的生命中太需要仪式了，一个人产生了仪式感，就会心怀虔诚。很奇怪，所有的人都到果园中的石头房子中去睡觉，只有我一个人醒着，而且没有任何畏惧感。

微风起伏中我仿佛听见了花骨朵绽放的声音，细细观察，它不是虚无之梦幻，而是来自眼前的现实：奇妙的绽放声几乎是在同一时刻降临的，很像是一群谋约者的约会，那些花蕊间战栗的绽放声啊，如果你看见了、听见了，你有何感受？几乎就是在睁眼间，紫蓝色的那片花骨朵全部绽放了。

仪式完成以后，天亮了，同行者纷纷走出了石头房，他们中的人突然发现了门口台阶下的那片花骨朵绽放了……

是的，仪式完成了，我心生欢喜。以游离式的目光，我们不断变换身前身后的背景。又一个夜晚，我在昔日的独克宗古城漫步，那一年，现代化的建设还没有进入独克宗古城，当商人们的目光还在大都市巡游时，独克宗古城的月亮是那么皎洁。

开发商们还没有看到独克宗古城的前世。所以，独克宗古城是安静的，古老的街景虽然夜色朦胧，但仍回荡着几十个世纪之前的马蹄声，独克宗古城以其环萦在天空中彩色斑斓的经幡，诉说着它的过去。我尽量放慢脚步，这里也曾是古老的月光城，黑暗因月光而生辉。这是我头次来这里，但仿佛我过去的过去曾在此地生活过……

峡谷中的迷宫闪开了，于是，我们从虚无进入了升平镇。在遥远的年代，升平镇也叫阿得赛、阿墩子。这些名取自元明清时代，随同寒冷而又灰色的光线在穿行，闪现出了一条著名的古道。在历史中的古道上曾有勇敢的捕猎商人、采矿商人、药材商人、皮革商人，他们汇聚这座峡谷中的迷宫，从事着探索世界的职业。

现在，这座城就是德钦县。之后，我又数次途经此地，从高山、峡谷、雪山，路上到处是原始森林，这当然是世界上自然生态最好的区域之一。我回过神来，灵魂总是涣散。为什么？

已经进阿墩子城了，我更喜欢这个地名，但同样也喜欢升平镇，两者之间一定存在着十分微妙的关系。

重温这段旅途后，又在书房中坐下来，写作者的现在时段，就像二十一世纪的碎片化时代的降临，从现在开始，我想使用穿梭不息的镜头将过去和现在相互切入。很多事我还来不及述说，时间背景之下，我们已经不再是从前的我们。

你好吗？我问候着与我擦身而过的事物，还是想回到从前？还是想回到现在？累了，就重温一下爱情吧，我和他的关系出现了有障碍物的时间阻隔。当时，我正从遥远的滇西回到房间，就给他打电话，手机中传来了相隔遥远中的一阵阵噪音，感觉他周围的环境很热闹。透过声音，我头一次感觉到了他的语调不像往常那样流畅，作为女人，从男人的语调可以感觉到水深火热，也能感觉到春光拂面。

当一个男人的语调中有断断续续的杂音时，其语言背后就有了潜在的阴影。电话断了，凭直觉不想再连接，便出了门，在路边花店给自己买了一大束红色的玫瑰花，我一生都给自己赠送鲜花，这已经成为一种习惯，每周一束鲜花，足够自己享受。从更年轻时，我知道了，女人更多的欢喜是从自己的灵魂中索取的，就鲜花而已，来自他人献出的礼物都是有限的。简而言之，如果你是一个热爱语言的人，先要培养自己的习惯，那就是将语言延续在你的细胞和血液深处。如果你是一个喜欢鲜花的人，那很简单，几乎全世界的鲜花店都是为了取悦女人而开的。你只要习惯去花店订一束鲜花送给自己，天长日久，你房间里就有呈现花瓶的位置。

一束红玫瑰来到了怀抱，我怀抱着它的幽香，恰好有人约我聚会。在临湖的餐馆，我将鲜花放在窗台上。那一刻，对面的男人吸着香烟，他要了红酒，在铺着乳白色桌布的餐馆。

我心存侥幸，自以为遥远的他会给我在那个星期五的晚上来电话。但这个念头破灭了，早已预感到的破灭提前来临了，男人教会了我们许多常识：比如，当你预感到你和一个男人的前景中有障碍物阻挡时，你要做好准备，当那一天降临时，一定要为自己订一束鲜花，献给灰暗的自己。那一天，我献给了自己最妖娆的玫瑰花，在花朵全部绽放以后，我面对着自己的挫败和孤寂感，仿佛一个初临人世的孩子，等待着重新成长。

爱情是一种冒险，我经历了这种来自两个完全不相同的性别的历险之后，获得了从未有过的宁静。于是，写作的好时光就降临了，佛教上说那些馈赠给你痛苦和绝望的人，都是来渡你的人。

有很长时间，我仿佛在面对一炉子经过燃烧的火，蜕变为灰烬的那种冷却，又像置身于荒野深处，我特别喜欢那样的处境。于是，不分白昼和黑夜的独处，让我写下了许多划分于诗歌、小说、散文的作品。

何谓诗歌？很多人都在诗歌、小说、散文的分类中寻找具有说服力的答案。然而，写作之所以美妙迷人，是因为它没有唯一的答案。就像你面对夜晚，在广大的星宿中找不到同样的两颗星星。

就这样，另一条伟大的江流突然出现在眼前：说实话，在它降临于我眼帘之前，我的头还在仰望卡瓦博峰顶端上方的积雪，那些像白色冰塔的圣殿，仿佛有永远融不化的冰川峡谷。

经常仰望天空树枝、云层变幻，同时也锻炼了我的颈椎，所以，写作读书并没有使我得颈椎上的病。尤其是当你的目光从上而下开始移动时，光线海拔尺度也在变幻中，它会给你带来想不到的惊喜。

澜沧江的一道湾流突然在我移动脖颈时出现在我的眼前，远看，平缓的波澜仿佛美妇身上的天蓝色腰带。它是从哪里来的，当然，我知道它的源头在哪里？它是来自大西南地区的一条大河，是世界第七长河，东南亚第一长河。澜沧江发源于青海省唐古拉山东北部，流经缅甸、老挝、泰国、柬埔寨，于越南西贡注入南海……而德钦县境内，又是金沙江与澜沧江的分水岭。

我需要更深入些，于是，我查询到了这些准确的资讯：澜沧江在德钦境内流程 150 公里，该段江面海拔在 2006 米，直线往上到卡瓦博峰海拔 6740 米，形成了澜沧江深谷断裂地带，也就是澜沧江最险要的地段。这峡谷海拔高差 4734 米以上，从江面到顶峰的坡面距离为 14 公里，每公里平均上升 337 米，使峡谷被面呈近垂直状态。

滇藏公路在 214 国道中设置了多种复杂的障碍，其中危险最多的是澜沧江流域。对于澜沧江来说，我早已领略过它天空中飞翔的兀鹰和江面上的溜筒江渡。如从眼前的澜沧江逆水而上，有一条界河等待你去跨越，之后就进入了西藏的盐井。

翻开地图，可以看见让人心灵震颤的滇藏公路像一条弯曲的蛇扭动着。我现在听着轰鸣的澜沧江水从耳畔流过，在二十世纪五十年代初期，为配合人民解放军进藏，政府决定在这轰鸣的澜沧江边再造一条滇藏公路……修路大军来了，他们迅速地布满了澜沧江流域。

承述一条路的片断是有意义的：滇藏公路从云南丽江鲁南过江至五家人、大岩洞拐弯溯硕多岗河而上，这是一个跳跃的姿势，一条路盘桓在不能失散的史迹中，为岁月再造一个梦境，然后进入了我们去香格里拉必经的路程，进入了虎跳峡镇、冷冻坡、小中甸后抵达迪庆州府中甸县城。这段路充满了芬芳，一路上到处可见草甸子、牦牛、青稞架……

此刻，你会听到尼西草甸子上迷人的天籁之音，它把你带过尼西桥头，过了伏尤桥再越过奔子栏……修路大军就这样翻越了白茫雪山，再过飞来寺，离澜沧江就越来越近了。终于，他们布满了澜沧江流域，将澜沧江流域的羊肠小道变成了眼前的滇藏公路。

滇藏公路紧贴着澜沧江的两颊，可以想象那一夜之间像蚁群迅速覆盖了澜沧江流域的修路大军……此刻，我遇到了一个老人，他已经八十多岁，当年他曾经参加了修路，他的家就在附近村寨。这个老人当年正值青春年少，这是一次将澜沧江边的羊肠小道重新筑造为公路的革命。在奔流不息的江岸，他们用自己的肩或头不停地与飞往空中的兀鹰相遇，有时候是一场殊死搏斗，修路大军的身体悬在空中，面临着漫长的白昼和黑暗，同时面临着坠入深渊的危险……

然而，任何一段历史都有回忆者在驻守和追忆，尽管昔日已逝，这个住在江岸的老人会经常到滇藏公路上行走，兀鹰们在天空飞翔。老人站在鹰翅下目送着来往的车辆，他的目光仿佛在滇藏公路上显得很苍茫也很迷幻。

这条迷失了多少马帮部落传说的路如今已变得越来越宽敞明亮。老人消失了，他的一生已经耗尽了最为动人的时光，那个昔日的他已成为历史。一条黑色的土狗跟在他身后，也许不久，他就会离开人世。在这有限的日子里，他的身边有一条滇藏公路，这条路令他的记忆百感交集，逢人便讲述昔日的往事，他不是为了炫耀，而是为了探知其中无穷尽的奥秘。

何谓诗歌，它就是从昔日澜沧江岸的羊肠小道蜕变为传说的那条路上的回忆。我写出了关于水的旋律，从那一刻开始，澜沧江就像金沙江一样注入了我的生命。

默默地在江岸行走，看见了传说中的三只黑色羽毛的兀鹰，它们飞得很低，就在澜沧江面上空不慌不忙地飞行着，我们将继续往前走，去访问传说中的茨中教堂。

我来到了茨中村，空气中传来的钟声让我感觉到教堂已经离我很近了。迎着秋叶的瑟瑟声，一座教堂坐落在眼前，迎着阵阵落叶往前走时，迎面飞来的一群鸟就栖在教堂的屋檐上，阵了钟声外，鸟语给我带来了悦耳的声音。

教堂的空地上栽种着从法国千里迢迢而来的葡萄……

又一次抵达茨中村已是冬天，我慢慢地走近了那片葡萄园，但它已经荒芜。这里的荒芜是死亡，无声无息的死亡。荒芜的葡萄园让我驻足而立，一些莫名的忧伤沿着荒芜的墙壁而行。

从茨中村继续往前走，这次旅程终有结束的时刻，有结束才有开始。正因为如此，我们的旅程将回到昆明，这是一个终点站。自我有了一间属于自己的房间开始，无论走多远，我都会给自己掉转回头，改变旅程的方向，回到自己的房间，重温生命中相遇的每一个苍茫人事，每当这个时刻，仿佛潮水退去，只剩下了言说的词语，这应该是我享受寂寞的好时光，其滋味像是在与一个词语嬉戏中开始了新的人生。

因为，词语在召唤着我，写作的习惯也在同时召唤着我。车轮途经滇池路，我猛然间又回到了多年以前，二十世纪九十年代初期，那时候，我很想学会骑自行车。朋友们就陪我在周末从今天的滇池路出发，那时候路两边全是庄稼地。而此刻，滇池路成了南市区建筑物中最为鼎盛的，庄稼地消失了，青麦的摇曳卷心白菜统统消失了……这就是文明的发展吗？随同过去事物的消失，从二十世纪九十年代末期开始，购买商品房成为了人们另一种的理想生活。

千百年种植庄稼的土地逐渐消失了，通往海埂长堤的路上盖上了一幢幢别墅。人们开始以新的姿态顺应时代的潮流，是的，潮流以疯狂的速度席卷而来，不仅仅让千百年的庄稼地消失了，还引领人们的生活方式，让人们从腰包中掏钱。

不错，房屋确实重要，我对此深有感触，如果不是商品房的开发，就不可能实现我拥有一套房子的愿望。占领即意味让过去的物景世态消失，这是一个最为真实的场景。而大面积丧失了过去的庄稼地，我感到了某种剥离感的忧伤和痛楚，文明和传统的对立冲突本就是历史发展史中必须经历的过程。一代又一代人的生命就是如此成长的，地球给予了一个渺小生命的记忆和丧失，召唤着我们的语言。

就这样，我踱着步，沉默而忧伤，房间里回荡着德沃夏克的《新大陆》，这首彷徨而穿越荒原的旋律始终陪伴我成长。雨声撞击着窗户，一个对面阳台上的男孩将他的鸽子重放回笼子，回房间去了；一个看上去慌忙赶回到露台上的妇女，正急速地收回晾衣绳上的衣服，可以感受到几分钟前那堆衣服上还有阳光的味道……而雨水也是这个干燥的世界所需要的。

这一年，传来了一个以前朋友的死讯，大约一年前，他曾用传呼机唤过我，但那一天太忙就忽略了回他电话……啊！忽略，有太多的事干扰我们的内心时，忽略以后，事情就被放下了。而有的事就再也不可能重来。他走了，那一年，他还未到四十岁吧？总之，他离开了，他生活在一座有雪山、有流水小镇的地方，我在青春年代认识了他。他走了，原因就是每天用酒精麻醉自己，他的婚姻本应是很幸福的，因为他跟自己喜欢的女人结了婚。我已经有几十年未见他，他的生活状况我一无所知……人世间存在着巨大的屏障，在某一处境相遇的人，在下一个时间已经离我而去。

我只记得他来到那座小城的时候，我才二十多岁，而他近三十岁。他脉脉含情地看着我，从他看我的眼神中，我就感受到了爱意和距离，它们几乎是同谋者。我偏离开他的目光，朝着另外的方向看去——这就是我和他不再见面的理由。

我们总是要长大的，写作继续陪伴我经历人世间的莫测。他的离开很快就像书页的插图翻过去了，活着，是默哀、认知、勇敢、怯懦、妥协……就像在澜沧江岸茨中教堂，我看到的那一小片葡萄园的荒芜。时间过去和现在，只是在重叠中存在了片刻，之后，我们要开始新的一天，新一天又是如何开始的。世界的另一面，在窗外，向日葵的金色，在你内心荡漾。在我内心深处，始终有一座迷宫的存在，它也许是书房，也许是一座时间的古堡，每一次当我内心萎靡时，正是这座也许存在也许根本就不存在的迷宫，让我产生了幻想。

唯有想象力，能逾越贫瘠、慵碌、矫情、怨语、嗔痴，疾风和暴雨。晚安、明天、石岩、峡谷、房间、屋檐、菠菜、尘世、苹果、寂静、欢悦，神曲弥漫。

我们已有的一切，以及我们失去了的一切，都是命运的加持，它在你身边萦绕，农人在天远地僻的土地上种植，从未离开过阳光和月光的滋养。那一年，我失去了持续几年的恋情，这种空隙使我有更多的时间行走于云南。

情爱不再疯狂地撕裂我，在无数时辰倾听着内心的告诫：放下，放下，放下……直到你两手空无，身体轻盈，目光清澈而又温柔。这才是你自己，你所蜕变后，开始了新生活的那个自己。

我仿佛挣脱了锁链，又仿佛是一名被禁的囚徒。向阳光深处走去，我看到了一个妇女，将出生不久的婴儿放到了一个阳光明媚的种满了向日葵的山坡上。婴儿躺在草地上，两手挥舞，睁开双眼看着天空，而妇女就在婴儿旁边锄草。

这就是地球，人的生活，我走了出来，内心告诫自己说要放下，于是，我就放下了。我走上那个山坡，生长中的向日葵有一种从微风中传来的味道。我弯下腰，去看那婴孩，如此美好的时辰，妇女走过来了。她刚锄完草，青草的香味让人呼吸清新，心生甜蜜。妇女微笑，她的笑，就像向日葵的绽放，她从地上抱起了婴儿再坐在山坡上，掀起衣服，掏出了一只饱含乳汁的乳房，将乳头放进了婴儿的嘴里……

世界那多元的变

早晨，我会掀开床被让它们透气，集蕴于一夜的气息都在被子、房间里，之后，再将窗户敞开些。云南有天然适宜皮肤的凉爽和温暖的海拔，所以，我在云南生活，尤其是在自己的房间里生活，从未享受过空调的待遇。即使是出门，也从内心排斥空调的存在。

晨曦，是我喜欢的，在晨曦来临之前，我早起床了，这种定力是需要培养的。早些年，颓废时，我同样愿意将自己交给黑暗，让窗帘大面积的遮蔽光线，将自己缩小到一个远离外界的深处……但这样的日子终归会过去的。醒来以后，所面对的现实世界是无法逃避的，我们终将揭开窗帘，因此，使特别喜欢倾听用自己的手拉开窗帘时的声音。

倘若房间中没有窗户，可想而知，就缺乏光。二十一世纪的人们都喜欢谈论光，微信圈中的朋友都怀着对光的热爱，晒出大量的与光相遇的照片。光，哪怕是生活在洞穴中的古人，也都借助于光热，给予自己生活的力量。没有光的世界，无疑是地狱，所以，人类从古至今的建筑学中，其中窗户是一门艺术中的建筑体现，一代又一代来自民间的工匠和建筑大师，建筑房屋时，都留有接受光热的窗户，因为太阳和月亮的轮番交替所散发的光热，足够地球上的万物万灵享受。

站在窗口的几秒钟，我知道自己仍活在世间，这是一种生而为人，从内心升起的渺茫而又现实的感觉。之后，是冷水浴，它使我的肢体完全醒来，而睡眠所沉浸的世界，是白昼无法取代的，那些梦幻的沉沉昏睡跟死亡没有多少差别。所以，更多时候，我更喜欢在白天写作，接近晨曦的某种多年培养的习惯，会让我迅速醒来，我要在光来临之前浴身，拖地，吃早餐。而当晨曦以力量破晓而出，让我推开窗户时，习惯中我已经来到了写作间。

“浪费光阴是可耻的”，我偶尔会寻找到为自己早起写作的理由，其实，每个人使用光阴的习惯不一样，有些人就喜欢在漫长黑夜中工作，白天睡觉，他们同样有自己消磨光阴的理由。

晨曦铺展在书桌，光线是从窗户进来的，它们太慷慨了，慷慨而又欢喜，到处都被光的力量所覆盖。写作者是这样一种人，就是为了在黑暗和光明两种交界处，揭开世界的秘密。简而言之，也就是揭开生与死虚度的年华，被时间所捆绑和松弛的肉身，被神灵召唤和锤炼的灵魂，而语言则是灵与肉的符号。

写作者，从选择文字的那一天开始，无边无际的苦厄和欢喜，将耗尽他们和你们还有我们的光阴。

我写作通常是一个上午就结束了，晨曦以后的光从窗户游离到墙壁书架，在我低下头写作时，它们已经游离而出，到别的地方去了。

当整座城市已经在不知不觉中开始了大规模的规划和建设之时，对我而言，太快的速度，总会让人心慌意乱。那一天，走入了一片废墟，看见几个拾荒者肩挎大包，正在废墟寻拾废铁。这番场景每每进入，总会召唤我拾步往里寻找某种东西。

这些老住宅楼往翻推，用不了多长时间，新的钢筋水泥大厦将升起，我发现了城建的速度之快，超过了我们在文学写作中的想象力。从现实中的废墟，裸露着废钢钎，便想起了，小时候，我们会攒下废弃的牙膏皮、剪下的头发、鸡毛到小镇商店去卖的场景，那家商店不大，每只竹筐中分门别类的回收着人类生活中产生的废弃物。从那时候，我就知道，回收物是可以再利用的。

今天的城市产生了更多的拾荒者，如果没有他们，我们使用过的废弃之物，就不可能得到回收。因为，城市人生活的节奏太快了，他们没有时间和耐心将废弃物分门别类交给有关部门。城市的拾荒者都是个体，没有专门的组织。尽管如此，也许是为了生存，他们成为了拾荒者。其职业很艰辛，每天要沿着城市的街道行走，不过，看上去，很多拾荒者都有他们固定的几条街道，因为我经常会在住宅小区外，看到几个拾荒者熟悉的面孔。

拾荒者大多是中青年，他们目光沉静，更多是漠然，头戴帽子，坦然而急促地行走，每到一个塑料垃圾桶前面，就伸出手，寻找可回收的物品。这个世界因为有他们的存在，可回收废品就可以再生产利用。当然，他们的职业很辛苦，需要行走的速度和接触垃圾的平常心，我很想有机会跟他们交流几分钟，但愿能有这样的机会。

机会来了，有一天，我拎着一袋母亲订阅看过的《春城晚报》下了楼，我平常都是将这一类可回收物小心翼翼地放在小区的垃圾桶边，以便小区内的一位拾荒妇女收回。这位妇女已经退休，在小区内拾荒多年了。她早晨七点钟开始，从小区开始到附近的龙翔街、文林街、建设路、昆明学院、小西门……因为这些街道位置是我活动的地方，所以可以经常看到她。

这位头戴圆形布帽、身穿格子衬衣的女人早就进入了我的视野，但她总是压低帽檐，目不斜视，我的目光无法跟她相遇，也无法跟她说上话。这一次，她恰好站在绿色的垃圾桶边，我走上前，说了声你好，就要将手袋中的报纸递给她，她伸出手来，说了声谢谢，又低下头去找寻桶里的垃圾。

但不久以后的黄昏，我和她又相遇了，那天夕阳散尽之前，我在住宅小区旁边的昆明学院的草坪中散步看见了她。拾荒们对每个存在于不同空间的垃圾桶都感兴趣，并能在特定的环境中与它们相遇。她抬头看见了我，出乎意料的，她来到了草坪，因为绿色的草坪上有几个矿泉水瓶子。她弯腰拾矿泉水瓶时看见了我，我移步上前问候她。这一次她很轻松，将帽檐往上推了一下，我看见了她脸上的沧桑。我问她每天拾荒能卖多少钱？我的问话直入话题，她说，几年前，她的所有存款被一场高额的集资骗了，一场有诱饵的骗局很快使她一辈子的存折清零。她不甘心，便开始拾荒，本来她有退休金的，只是心里发憷，尤其是每次在家面对生病且从不体贴的老伴，更是烦心，便打开了拾荒的门路。久而久之，她发现，这项活计让她身体得到锻炼，还避开了每天喊疼喊痛的老伴。最为重要的是拾荒让她的晚年有了新生活的发现，她每天将可回收的东西用编织袋拎回家，她家住三楼，是三室一厅的房子。

她说，从前，她自己住一间房，老伴住一间房，另一间房留给在外工作的儿女回来住，但在外地的儿女们太忙，偶尔来家看看，提些水果营养品放下，便匆匆离去。现在，她就将那间房用来堆集可回收物品。她说，她现在很充实，每天除给老伴煮两顿饭之外，就在她选择的范围内拾荒，回家后再分类。

我发现了她很有倾诉的欲望，而且说话条理清晰。我看着她脸上的皱纹，仿佛秋天树叶上的纹理，专注地倾听让我成为了她所倾诉的对象。从那一天开始，我们每次路遇都会友好的点头。

一生到底有多长？我目送她的背影，就像是遇到了另外一种人生。故事中的人生，就像她堆集在房间里的可回收物品，需要分类，才能让它们再回到来时的地方。

倾听声音，使笔尖同时具有旋律感。匆匆相遇者，最终将长离别，比如爱情，它太奢侈了，当它降临时，有多深的热爱，就有多深的灰尘。只有那些与我们的现实离得最近的物景、人世才会陪伴我们时间长久一些。

尽管如此，偶遇者永恒，我偶遇的男人女人成为了时间的风景，他们供我回首往事，这是一些在日月中彼此照耀过的故事。在物事渐淡的今日世界，重温昔日的线索，可以寻觅到与这个时代共生存共畏难的痕迹，正是基于此理由，我又想起了你。

宇宙，越来越深不可测，随着时态人世的变幻无穷，我们作为万物万灵中的一员，唯有爱和探索，才能延续地球人的记忆简史。而文字无疑有助于时间和历史，朝向更为浩瀚的天空和大地，存载地球人精神之旅中漂泊的那艘巨大的宇宙之船，它将带领我们继续远航。

我深信，我的追忆同样是宇宙中的一个世界，如同推开窗户，一个古老的渊源在风中流逝复苏以后，是一个新大陆的传说和诞生。我深信，个人和集体的心灵简史，呈现了人类存在的理由，其中的小世界，使我看到了春光之上，湛蓝色的天空幻变出了白云朵朵。

街景如同古代一样热闹，大小超市布满了每条街巷，物质生活较之我幼年时的记忆，已经今非昔比。物质的丰富性会使人们的味蕾变化吗？在街角，一个五十多岁的男人在卖蜂糖蜂蜜。从一块蜂巢中竟然还飞出了几十只蜜蜂，这是真的，包括这个五十多岁的男人和他从篮里背来所有蜂制品，都是从大山里背来的。他头上还戴着一顶二十世纪七八十年代流行的军帽。

在我十二岁到十三岁那年，我们随母亲下乡居住的公社突然来了几个解放军，他们是来下乡的。就住在我家对面的招待所，每天看他们身穿军装在院子里行走锻炼身体时，最吸引我的便是他们头顶的军帽了。终于，有一天我得到了一顶军帽，在他们半年后离开时，我用一本书与一位年轻的战士交换，得到了他的一顶军帽。我头戴那顶军帽后，才发现在外在的世界里，戴军帽是一种当时的时尚。

二十多年过去了，仍然有人戴着七八十年代流行的军帽来到省城，只不过这顶军帽已经洗得发白。看见这顶军帽，我竭力在搜寻着当年戴在我头上的那顶军帽到哪里去了。是啊，那顶曾伴随我蒙蔽年代的军帽，用一本书换来的军帽，到底去哪里了？

没有任何记忆的线索可以帮助我寻找到那顶随风而逝的军帽，它到底去哪里了？

日本电影《人证》中的那首主题曲：妈妈……那顶草帽，那顶草帽……又一次回旋在耳边。不知道为什么？今天的我很忧伤。而在街景中来了几个人蹲下来在买头戴军帽的、山里来的男人篮子里的蜂糖和蜂蜜，我也蹲了下去，在物质生活高度发展的今天，城市人对乡下人带来的农事作物开始感兴趣，城郊的农民大清早就赶城乡公交车，将他们培植的菜果禽蛋等带到了城市。在城市的街巷都会看见他们的身影。他们要么将作物用扁担挑起，两只竹箩一前一后；要么就推着有滑轮的车，将物品放在车上，年纪大一些的则肩背竹箩，就像眼前这个卖蜂制品的山里男人。他身穿二十世纪七八十年代最流行的青色卡其布衣裤，脚穿黄色的胶鞋，人们一看见他的衣着，就知道他是从大山里来的，他的衣着越土气越能说明他来路很远，他的神态越憨厚越说明他带来的蜂制品是来自大自然的产品。

当物质商品堆满各种大小超市时，那些从乡下来的物品，成了人们青睐的东西。比如蔬菜，越是被虫蚀过的，越受到欢迎。相反，人们对那些形象华丽的，没有区别的果蔬产生了质疑。尽管如此，上班族很辛苦，他们被时间所奴役后，每周从超市、农贸市场买回一次食物，塞在冰箱里，下班以后就开启冰箱。这意味着另一个时代已经降临，无数大棚中的蔬菜水果为了尽快进入市场，必须打农药，催熟，还放保鲜剂等。取悦人类味蕾的另一个时代来临，当我们睁大双眼，看着蔬菜果实越来越好看时，已经开始在不知不觉中接受了它们的存在。

这时候，另一个词还没有到来，这个词就叫城管。所以，那些从乡下运输过来的蔬菜瓜果以不同的形式出现在城市的大街小巷。被虫蚀过的蔬菜无疑最受欢迎，但数量不多，遇到者，总是会爽快地一揽而下。还有许多野生的蕨菜等，都是城市人最喜欢的。我眼见着那位卖野生蜂制品的人，很快就将他从大山里背来的蜂糖、蜂蜜卖完了，但过一段时间又会在街角处遇到他。

有一天，走在龙翔街，正面与一个肩背山茶花的妇女相遇，她轻盈的叫唤着：卖山茶花啰，十块三把的山茶花啰……这是二月末的日子，春光即将光临这座城市，但当我偶尔聆听到她的声音，仿佛就看到了春事已经扑面而来。我听到了自己的心跳，加快了速度，仿佛一名置身在人群的人，前去赴约。这一刻，足可以说明，人对于美好事物的期待，尤其是对于超越我们常规世界中美的事物的降临，往往会使我们凝固的血液迅速地上升。

有几个走在街上的女人像我一样，在同一时刻听到了这个肩背山茶花人的召唤，是的，我们都以喜悦的脚步奔向了她。女人四十岁左右，牙齿洁白，头上围着一块红色的三角围巾，看见我们来便将肩上的篮子放在了一家超市的台阶上，这时候超市还没有开门。哇，篮子里全是还没有绽放的野生的山茶花骨朵。只有在云南昆明，才会观看到如此景象，也只有在四季如春的昆明，你才能看到一个山里的女人采下了山茶花，用树枝藤条捆好，在我们还在梦乡中时，她已经从山路出发，走几十里来到了路边，搭上了城乡公交车，进入了这座城市。

十块钱三把的山茶花……你们都认识金钱的价值，一位伟大的作家说过，当孩子们一旦认识金钱的价值时，便失去了某种天真。

但我们不得不认识金钱，它是我们来到人世，必须接受的现实。当孩子们的手接触纸钞时，起初以为是玩具，后来，他们会奔跑行走后，尝试着用手里的纸钞换来了棒棒糖和可口可乐。随之以后，他们和我们还有你们，都将带着纸钞对换物质，从这一刻又以后，随同时光增长，人们对金钱存在和价值的认知理解，便产生了各种的欲望。

用十块钱买回了三把山茶花，在那个早晨，回到书房，便将山茶花解开捆绑的藤条，把它们插在了玻璃花瓶中。我试用过各种花瓶，最后发现只有玻璃花瓶才可以看到一束鲜花的整体形态。解开的山茶花，在花瓶中陪伴了我半个多月，它的花骨朵以不同的时间相互绽放。

家门口就是名校，从小学到中学，还有各种培训学校。所以，在所住的街景中，我每天都能看见二十一世纪教育的潮流。家长们早早用多种交通工具送孩子们上学，这条街只要是早晨和下午，行驰中的车辆都要经历堵塞。教育是世态变幻中一个重要的现象，我们通过教育其实就能看到人心的另一种尺度，该如何衡量？从小学开始，孩子们的书包将越来越重，便想起了我小时候背过的书包，我认真地回头转身，便想回到昔日，幼年的我背着书包上学的路线。

路上的风景有庄稼地、小镇的店铺……但非常遗憾，我根本就记不住肩挎书包时的重量。这说明在我们的时代，肩挎书包并非带来砖头般沉重的记忆。反之，一路上小河下青苔、鱼虾的游动、庄稼地的色泽、小镇的安宁却记忆犹新。

我背过小学生的书包，四五年级的书包就在每年递增重量，里面好像有几十块砖头。是啊，这一切都说明时代变了，孩子们将背着沉重的书包，当然，上学路上，更多是家长给孩子背书包。名校附近是各种补习班。

时代在变幻，放学以后还有周末、假期，家长们就效仿着时代的潮流，将孩子们再送进各种补习班、兴趣班。我便忍不住回想我的幼年时代，到公社外面的小河摸鱼虾，那些小精灵顺着我的手指缝在游动，我们从不将它们带回家。从小，尽管那时物质生活艰辛，差不多每个月只吃一次蒜苗炒肉，小时候的蒜苗炒肉太香了，两者都是大自然的杰作。养一头猪要一两年才能进入屠宰场，而青青蒜苗完全靠农家肥滋养。从手指缝中自由穿行的小鱼虾在今天的时代，完全是许多人上等的美食，但在我幼年时，从未见过人们去捕获它们。因而，在小河清澈水中游动的鱼虾们，没有危机四伏，它们在水中嬉戏，陪伴我们长大。从小到大，我们没有任何补习兴趣班可上，我们所面对的都是自然万物，它们培养了我们的兴趣，给予了我们春夏秋冬的色彩、天气变幻和节令的知识……这就是我们和这一代人成长史上的迥异。

我们那一代人所接受的教育不仅仅来自教室里的统一教科书，更多的教育来自天地万物的声音，奔出教室之外，我们所有的空余时间都被各种有趣的事物占据。小哥哥会爬树，有飞檐走壁的能力，而且动手能力强，能劈柴，制作有轮子的小车拖着我的小妹妹奔跑。而我呢，在没有缝纫机前可以亲手缝补衣服，钉纽扣。十岁的那年，家里有了缝纫机我就可以脚蹬缝纫机，缝补破了的床单衣物。我最大的爱好是在十岁那年开始迷恋上了阅读，并且获得了很多孩子们未曾获得的乐趣。所以，我必然要成为写作者，不管怎么样，你从年幼到青年时代，所迷恋并沉溺其中的嬉戏，将陪伴你的一生。

好了，我们总是从一个问题跳到另外一个问题，从一个局部扩展开去，看到了时间的脉迹弥漫，其色彩旋律，不知不觉中就改变了我们的命运。每一个时代的教育背景，必然造就一代人的命运。

我们出生在二十世纪六十年代，距离这个时代看似已经很远，但回过头却又很近，在丝丝入扣的追忆中总有一根无形的曲线，像音符带领着我们重温旧事后，继续新的生活。

学校门口总有几家玩具店，从幼儿园到小学，我看见了从二十世纪九十年代到二十一世纪初期的各种性能的玩具。孩子们钻进玩具店，这时候，琳琅满目，新奇百态的大小玩具，刺激了孩子们的欲望，我开始发现这一代新人类的欲望是从玩具开始的。是的，玩具是一个取悦人类的古老而恒久的小世界，玩物是人类手掌心的魔兽，它们从幼年开始，便成为了诱饵。每一个孩子都有属于自己的玩具，从进入玩具店的那一刻开始，我看见了孩子们熠熠电闪般的天真无邪的眼睛，他们跑上去，抓住了一个玩具并抱在怀中，索取占有的欲望就从这一刻开始了。当然，玩具世界打开了孩子们认知世界的另一种能力，在我们的幼年，似乎没有出现过玩具制作工厂，那个时代解决温饱是最大的问题。所以，我们那一代人幸运的从大自然中获取了嬉戏的奔跑，追赶一只斑斓蝴蝶的节奏……

眼下，我又看见一个孩子拉着母亲的手要往玩具店去，他们很清楚，要获得心爱的玩具，必须要花钱买下，这是一个现代孩子最现实的认知感。

玩具制造商在这个时代，发挥了与全球接轨的想象力和创造力，制定出了适合每一个成长段的玩具。这些孩子扑进玩具店，将模拟的飞禽走兽、汽车飞机、坦克……带进了他们的小天地，于是，他们带着玩具睡觉，娱乐。

是的，新的时代开始了，容不得你去抵制。传统的抵制是没有力量的，你们和他们我们都要去接受它，所有的潮流都有潮水涌往沙滩进入内陆的能力，它们将改变我们的思维和记忆。

另一代新新人类正在成长，他们在繁芜不变的教科书中成长，在玩具中、补习班中成长，在沉重的书包和作业中成长，在考试答卷竞争中成长……这是一个无法改变的现实。

我们太渺小了……世界以多元的变化，改变了教育的理念，改变了街景和人们生活的方向。面对这种状况，我又回到写作的房间，一间属于自己的房间，所有写作者隐身在这个小世界，忍受住了巨大的莫名的忧伤。

一种新的疾病在世间开始上升，它就是抑郁症。经常听说熟悉的人患上了这种慢性疾病。这种病如同现在流行的糖尿病、心埂脑埂、癌细胞……以难以想象的速度在多个领域各种身份的人群中增加着。

忧郁是天生的，它或许从我在婴儿时就开始陪伴我成长了。忧郁跟任何具体事件没有关系，它仿佛是我呼吸到的空气，又像是在血液循环全身的那种深紫色的花蕊。忧郁是一种粮食，我每天在吞咽和咀嚼它，没有它的存在，生活语言都有可能失去佐料和香味。而光芒也同时在那里，在你看不到的地方，陪伴你。

在我从前生活的小县城，偶遇了他，他在这方水土早已像大树般扎下了根须，从最早开大货车进缅甸越南寻找商机，到现在已经是企业家。他约我来到县城的一家茶馆，在相隔二十多年以后相见，他手里夹着香烟，他说：那时候，你是金官公社最漂亮的姑娘，我当时给你写了很多情书，我用作业本写情书，写了好几本，但每写一页落上名字日期以后，就都被我撕掉了。我写下的每一封情书都无法到你手中，实际上，我们上的小学和中学都是同一所学校，我从上小学五年级时就喜欢上了你。不知道你是否还记得我们在小学时校宣传队里去乡村演出，我在路边看见了一丛玫瑰花，大胆地走上去，摘了一朵红色的玫瑰花献给你。

我看似漫不经心，实际上是非常惊讶地看着他，四十多岁的，已经成熟的男子。内心却惊叹不已，现在我的记忆回到从前，回到金官公社，他刚才告诉了我三件事情：第一，在二十世纪七十年代，在他看来，我是金官公社最漂亮的姑娘；第二，他私下给我写过许多情书，但没有一封到我手中，每写一封一旦落上名字和日期都会被他撕碎了；第三，当我们读小学五年级，参加了校宣传队到乡村演出时，他给我献上了一朵玫瑰花。

追溯往事，时间地点很重要，我们都置身在二十世纪七十年代的金官公社，他的父母当时在供销社上班。现在，我追忆着他在当时历史背景中的存在，时光虽早已斑驳，我却在这一刻想起了他的模样。每次与他在路上相遇时，他好像都在有意地回避与我的目光相遇，难道那就是少年的羞涩和初恋？还有他说到当时的我是金官公社最为漂亮的姑娘时，我竟然有一种说不出来的窃喜，并告诉自己，他说的是实话，当时的我应该是所有花骨朵般的姑娘中一朵即将绽开的花朵。他献给我的那朵红玫瑰，我竭力想回到从前，但时光太远了，我怎么也无法想象将红玫瑰和那个时代联系在一起。

玫瑰的意象非常重要，我一直以为自己是在二十世纪九十年代才喜欢上了玫瑰，实际上，早在二十世纪七十年代，在我上小学五年级，与校宣传队去乡村演出时，就有男孩献给我一朵红玫瑰了。他是我个人历史中第一个馈赠我玫瑰花的男子。

他已成熟，在整个追忆过程中吸了几十根香烟，我们之间跨越时空的相遇，美好而简约。我知道，我与他总有各自不同的命运。他后来娶了县城最漂亮的女孩，在他恋爱结婚的那段时间，也是我疯狂地热爱读书写作的日子。两个人的命运在各自的航程中错开，都是上苍的安排。自此相遇，他成了我的挚友，人世间很少有的挚友。

少年少女的那段恋情，无论是暗恋和开始，在我看来都无法走得很远。这些早来的嬉戏就像我站在山冈上追赶一只充满梦幻和斑斓的蝴蝶，如果追到了，蝴蝶就会栖在树上和阴凉地带，你走前，观赏陪伴，终将离开，如果无法在奔跑中追到，你就会目送它们美丽的翅膀，直到它们在视线中消失。

男人女人在脱离了恋情婚姻以后的那种感情，将会更持久，这是我经历了时间后认知的东西。时间默默无语的总是启示着什么，它成为了我们现实中的物景。

待我们融入这种由时间之初的渊源，穿越了时空之后，我们开始渐渐地成熟了。女性的成熟，意味着什么？我在行走云南大地时，经常在自然人文中迷失方向，河流的弯曲转向，天空中候鸟的飞翔，树叶从葱绿到金黄色，都是成熟的意向。

女性的成熟需要时间，就我而言，从青涩到成熟，我的故事都在语言中向前延伸出去。

那一年，我的足迹留在了广袤滇西的烟尘下，当我来到剑川的沙溪古镇时正值落日金黄时，我钻出了车厢，带着满身的尘土味接近了沙溪古镇的青石板，几个老人坐在古戏台下面不远处的石礅上，在几十米外的我，突然被她们的存在吸引过去。

我生命中每次孤独的远行，总是面对敞开或隐蔽的世界，有时候，在我看来，全世界是由无数角落汇集而成的。仿佛眼前的场景，七八个老人坐在沙溪古镇戏台下古老的石磡上，她们胸前都有一根拐杖，大榕树下沁入她们面颊的落日，使她们看上去就是一部厚重的史书，我站在几十米的地方，竟然不敢走近这部史书，就因为这是一幕成熟的风物之像。

何谓成熟？我移动着脚步，首先走向了沙溪古镇的戏台，孩子们在戏台上嬉戏着，他们来自二十一世纪，是新人类的符号。他们举着彩色的塑料手枪，从手枪中喷出了棉花般柔软的子弹，这群五六岁的男孩，找到了自己的舞台，迷失在他们的游戏中。而在台下，那七八个老人，我看见了她们中竟然还有三寸金莲，那双穿着红色绣花鞋的脚，与另外几双同样穿绣花鞋的脚驻足于青石板上，突然，她们站了起来。

因为，到了回家的时间了，所以她们便在缓慢中站了起来，七八个老人，每个人站起来的形象都是一个深秋的果实。她们年龄相似，最后的落日已经在那一刻消失了。到了她们回家吃饭的时间了，她们已经在头顶的大榕树下坐了一个下午，这是她们的生活方式。每天午后，她们会拄着拐杖跨出家的门槛，石板上回荡着拐杖落地的声音，这是沙溪古镇的一道风景，七八个老人，以不同的方向汇集到绿色的大榕树下，这是她们的小世界。

仪 式

下雨了，雨声让人心安，手机在雨声中响了起来，凌晨六点半钟，到底是谁来的电话？洗过冷水澡的我，穿上了干净的裙装，虽然那一天是不出门的，但还是要穿上适宜写作的衣服。有句流行的话说，女人的衣服永远不够。实际上，头天晚上入睡之前，我有一个习惯，要想好第二天穿哪一件衣服，想象自己在第二天穿上那套衣服的形态，对于我来说是一种仪式。

我们所寻找的每一种仪式，都是为了打开一道门走出去，有了仪式以后，也许会走得更远。如果能打开一扇窗，无疑会看到梦中醒来以后的现实，一只鸟被你看见，就像你已经长出了翅膀。

穿衣的仪式，事前要准备好衣服，早起的冷水澡，彻底唤醒了我眠床的身体，这疲惫略带萎靡的身体，如果凌晨没有从水雾中喷溅而出的冰冷的刺激，那么，它就不会从潜伏中跃起。

让赤裸的身体穿上裙装，在云南古老的民族战乱迁徙时，先民们还没有发明织布纺织，他们在原始森林中穿行，在洞穴中栖息，用树叶兽皮编织成衣服，披挂在身上。衣饰，是遮蔽我们身体的盔甲，虽然柔软，却护佑着我们身体的私密性。穿上衣服，才可能开始新的一天，这是仪式之一。

我刚穿上一身紫色的长裙，手机响了起来，我从浴室奔向书房的节奏有些慌乱，手触摸手机时，手机便掉在了木地板上。弯腰将手机捡起来的那一刻，我竟然有一种不祥的预感，昨晚就寝之前，眼前总是飘忽着那套紫色的长裙，穿上紫色长裙的我身体所发出的欲求和感念，总是向往那团山野中鸢尾花的紫色，那忧郁而绵延于山峦中的紫色。

紫色中一个女友的声音从手机那边传来了，她年轻而略带沙哑的声音告诉我了一个噩耗：张国荣在刚刚过去的愚人节，从 24 层的酒店纵身跳了下来。并且告诉我说，张国荣患抑郁症多年，他像所有的抑郁症患者一样，经历了痛苦的折磨……

我再也听不到电话那边女友在说什么了，耳边从那一刻再也听不到任何言辞。张国荣的死讯布满了那一天的全部一切，我的世界顿时无法转动，紫色的裙装突然变得僵硬，而我的躯体则突然变得像一具木乃伊。世界变得黯淡，这并非仅仅是称之为芳华绝代张国荣的死亡，而是一种流行病——抑郁症所带来的无妄而痛楚的现实。

张国荣从 24 层楼纵身而下，这需要多少勇气多少绝望？这个世纪开始流行抑郁症，而且有少量的抑郁症患者都选择从高楼纵身而下。这个现象，尤其是张国荣的纵身而下使我的心犹如冰雪般凛冽，生死之忧，成为那个季节的又一个问题。为何抑郁症患者都会在向往死的那一刹那，奔向高处？

高处是海拔，是冰雪，也是云端，抑郁症患者在向死而生的那一刹那，直抵生命中的高处，他们仿佛长出了翅膀，想飞往身体中的云图。我深信，他们的灵魂已经纵身腾跃而去，坠入地上的仅是躯壳而已。

是的，我深信。于是，我穿着紫色长裙，重又回到书房坐下来，那个季节，是春天。我活下来了，像一只细小的昆虫回到大地，并回到了语言中。张国荣太追求完美，实际上他已经够完美了，所以他死于完美。那一刻，我终于领悟了张国荣的死，太完美的人，称之为风华绝代的张国荣走了，随同他的纵身一跃，我所置身的时代又翻过了一页。

三天以后，人们的悲哀开始转移，毕竟，人们所面对的是一个被时光不断演变着的舞台。就我个人来说，需要忘却张国荣的纵身一跃。我不再研究他为什么死？为什么能勇敢无畏的赴死？为什么选择了纵身一跃？

活着，其实比纵身一跃更需要勇气。你是否见到一群燕子从屋檐鸟巢纵身一跃飞往风雨、蓝天的那一双翅膀？你是否见过一个垂垂老者，推着轮椅在街上艰难行走的过程？你是否在一次偶然中被鱼刺卡住了咽喉？

活着，其实非常不容易。活过了某种年龄的人都会知道，活着，就是摆脱在时间中不断纠缠自己的那个幽灵。而当幽灵附体时，我们有时会走在邪路上，有时又会走在笔直的路上。活着，活下来，解决两大问题，生活与灵魂的冲突并让它们和谐相处。

张国荣带着完美最终朝极乐世界而去，而我在张国荣纵身一跃的三天以后，来到了伟大的滇西，它滋养我、培育我、召唤我。亲爱的滇西，此次行走，我将以怎样的方式与你相遇。

朝高黎贡山行走，这个梦想似乎已经谋略了很久。生命以分秒之间的疾驰，总是在公正而严酷中消磨着我们的年华。在云南广袤的大地上行走，是我一生最为重要的梦想。每隔一段时间，总要将囚禁自己的门窗打开，阅读、生活、写作囚禁着我，这三者的关系就像是树叶、枝干、根须间的亲密。

还是说得具体点吧。当我阅读时，书中的灵魂仿佛会跳出来，与我默默对峙，书中的灵魂让我寻找到了作家的体姿，他们所生活的国度。作家，也就是写作者，他们的出生地，乃至后期的教育成长的过程，影响了他们写作的人生，每翻开一本书，都想了解著书者的国度、出生地，他们一生的爱情、婚姻，以及他们在各种背景和历史中所经历的一系列磨难。对于作家来说，源于时间变幻中的痛感区域无疑就是一部充满史诗旋律的作品。无疑是小说家、诗人、散文家，他们自从选择文字以后，就再难以逃离用语言来编织迷宫的精神长旅。

当我生活时，要面对众多无以计数的繁芜，它们由无数端倪和冲突组成。比如，当你开始削一堆土豆时，证明你已经在厨房，对于女性作家来说厨房无疑是一个充满人间烟火味的避难所。坐下来削一堆土豆时，决定你的心念已经转移到了厨房。削土豆的女性作家，相比男性作家来说，会更加喜悦地去面对她们手中的土豆。对我而言，削一颗土豆仿佛又来到了种植土豆的山坡，在云南，最好吃的土豆都是从山坡上出世的，因为山地的泥土更古老，没有现代农药的入侵。将手中的土豆削干净时，就开始向往生长土豆的山坡了——这是我从厨房延伸出去的幻想之一。

我们又为什么如此喜欢吃土豆，它是全世界人餐桌上的美食。每次在城市削土豆，制作各种形色的土豆，就感觉到人活着的满足惬意。住宅门前，经常有骑着三轮车的男人女人叫唤着卖土豆，每次在车轮滚滚的噪声中听到这种声音，我都会将雀跃的身体探出窗外，看到是卖土豆的便一路小跑冲下楼梯，直到来到三轮车前，那种满足感无法言喻。买下一大袋新出土的土豆回家，人在这时，会忘却所有烦恼。我们为什么永远喜欢吃土豆？是因为土豆是从泥土中长出来的，对于现代人来说，它没有任何污染，对于古代的先人们来说，土豆就种在家门口。从小，我就喜欢吃土豆，它在云南也叫洋芋。有了土豆，仿佛烦忧消失，至于那些死的念头也就消失了。

再就是写作，这项活动永远是一个人的生活方式，任何人无法替代你去使用内心的文字符号。写作，也是另一种打开门窗的形而上的方式，世上没有任何一项活动，像写作一样孤寂，这是必须经历人世磨砺之后作家本身需要的孤独。

去高黎贡山的路途遥远，路途中看见了另一条大江，它出现在保山市境内，这条大江名为怒江。在怒江坝，只感觉到温度在上升，眼前出现了江岸的木棉花，油绿色树枝间盛放的红色木棉花，仿佛将整条江岸辉映，江边的人们因为天气炎热，赤着脚在行走。

在没有鞋子之前，我们的祖先其实都是在赤脚行走。许多东西都是习惯带来的，倘若你出生以后一直赤裸裸，也就会习惯赤裸裸。现代人，少有赤脚行走的，所以，在怒江岸我所看到的赤脚者，以我们外来者的目光来说，是一道风景，而对于当地人来说，早已习惯了。我看到一个妇女背靠着一棵巨大的木棉树在绣花，便走上前去，她赤着脚坐在树下，脚边的竹篓中有几十种彩色的绣花线，她的幸福指数可以从她的存在和笑容中呈现。当城市的空气、饮水、孩子们的教育、就业、房屋……现实问题让现代人因焦虑而患上抑郁症状时，这位五十多岁的妇女，却赤脚坐在盛放着红色花朵的木棉树下安心地绣花。我感觉到了，从她倚的树身，几米之外的怒江里散发出来的幸福感。

一辆越野车来到了江边，四个青年人打开车门，两男两女，从衣饰就可以看得出来，他们在用青春开始的旅行已经来到了怒江岸边。两个青年男子开始脱衣，他们没有准备泳衣，所以几乎在同一时刻脱掉了上衣，抛在沙滩上。很酷的场景，两个美女肩披长发从车厢中拎出她们各自的相机，镜头很长的相机捧在她们的手掌中，看上去并不晃动，显然，她们玩相机已经很长时间了。两个镜头已经对准了正在下水的两个男子。

当地人告诉我：经常有旅行者途经此地，畅游怒江，从此岸游到对岸再游回来，两个男子亦如此，他们正在划动手臂。春天的怒江是湛蓝色的，雨季到来后，无数支流涌入怒江时，也会变成泥浆的颜色。两个青年男子正奋力划动手臂游向对岸……我们是观望者，但正在为他们喝彩鼓劲。

这是二十一世纪的旅行，两男两女的旅行，从这一场景中，我的身心感受到了一种活力，青春荡漾的力量。两个男子已经从对岸游回来了。很棒的两个青年男子，年龄在二十五岁左右。两个美女走上前，伸出手臂拥抱了横渡怒江归来的两个男子，同时我们也为他们而鼓掌，女人都热爱英雄，在这两个年轻女子面前，上岸归来的两个青年男子就是她们的英雄。目睹此景，我为之感慨，在我生命中为什么就碰不到一个可以横渡怒江归来的男子呢？

就这样，两个男子回到车厢同两个女子继续前行，他们看上去应该是恋人关系，这也是进入二十一世纪以后，驱着越野车的长旅，这样的旅行必然会发出诗与远方的宣言。有很多年，这些略带鸡汤的宣言已经开始普及；有很多年，鸡汤类的书籍充斥着日渐衰竭的出版业和书店。鸡汤类的书籍在家庭危机和身患各种焦虑症的人中间开始流行。

尽管如此，两男两女的旅行，却充满了二十一世纪的新文化探索者的姿态，又过了三十多公里，我们又在怒江岸边的一座村落相遇了。两男两女这次直接开车进了古村落，并将手中的长镜头对准了这座远离大都市的村落。很显然，这四个青年人已经摆脱了那些鸡汤的宣言，他们活出了自己的姿态，并寻找到了自己长旅的方向，这样的旅行是令人羡慕的。

我们一行人已经来到了高黎贡山脚下，翻越高黎贡山是我们此次旅行的主要目的。高黎贡山是一座动植物的摇篮，三月，漫山遍野的大树杜鹃仍在开花，花色各异，花朵像碗口一样硕大，又像佩戴在劳动模范胸前的红色大花朵，只不过佩戴在胸前的花朵，是用彩纸做成的。我对红色有一种深沉而持久的迷恋，直到如今，我仍在迷恋着红色。

红色对于大多数人来说意味着喜气，但对于有些人来说，红色是血液的色彩，是花冠之色，是古代门廊楼阁的彩色，也是火焰燃烧之色，红色亦是跳跃或停顿，是安魂之色。红色成了我的衣饰、花朵、心跳的颜色，在通往高黎贡山的路上，我遇到了红色的大树杜鹃花朵时，我的眼里充满着红色。那时候，很想用“红色”写一部厚厚的书。写书，从来是我在任何生命旅途中的幻念，它像《金刚金》《心经》《大悲咒》《比藏本愿经》一样萦绕在我心底。

在漫山遍野的红色、粉色、紫色的大树杜鹃中央，我们突然发现了一个又一个大坑，随行者告诉我说，这是打仗时候留下的战壕，我愣住了，我跳下了土坑，从那一刻开始，我的双眼开始出现了忧伤。作为一个写作者，首先是人类的一员，一个元素、一朵浪花、一滴水……作为一个写作者，在时间体系中奔涌而出的每一道痕迹，都有可能是语言和灵魂所追求的历史。从那一刻开始，当我跳下战坑的时候，我仿佛已经用身心感受到了滇西抗战的时间线索，于是，我屈膝而下，伸出手想在土坑的野草中寻找到什么。

奇迹出现了，我竟然在长满野草的根须下面寻找到了一颗子弹壳，这真是奇迹啊！所有人都围了上来，我从坑中上来，手举着那颗子弹壳，它看上去就像化石。从我的手握住子弹壳的那一刹那，另一个写作的线索正从高黎贡山开始涌入了我的另一种词根之下。饱含泪光地搜寻在这个世纪尤为珍贵，我眺望远际，野鹤在穿越云层，穿越，是一代又一代人承载过去、现在或未来的想象力和践行。活着，不仅是一口气，为自己的衣禄而付出代价；活着，要活出灵魂所承载的力量和禀性。

在漫山遍野的大树杜鹃盛放的红色花朵中，我们继续沿着这条著名的南方丝绸古道往前走。这是历代马帮、商人们走出来的路，也是第二次世界大战时滇西抗战的战争遗址之一。

历史悠久的高黎贡山深处布满了马蹄印，石板路上不知道留下多少江湖的传说。而我们是后来者，我们继续沿无数英雄豪杰走过的路往前方走，海拔在行走中开始上升。森林越来越密集和葱绿，鸟语声从起伏的原始森林中传来时，我们已开始进入了动植物的天堂。

我们将无法抵达的美丽世界都称为天堂，是因为内心存在着诗意，在短暂的一生中，人，总是向往着抵达。而天堂总是召唤着历尽苦厄的人们，朝着尽头奔去。而当我们突然置身于一个令我们充满欢喜的地方，我们就以为已经到了天堂。

晚年经受着失明之苦的博尔赫斯，将图书馆的模样喻为天堂，他一生都在图书馆中行走，便发现了天堂的模样。而此刻，在高黎贡山我发现了动植物的天堂，绿孔雀出现了，白腹锦鸡出现了……我还看到了红色的鸟类。在高黎贡山观鸟者，你要有一双宁静的眼睛，只有当你用一双宁静的眼睛观鸟时，你才会发现鸟栖身的树干。在高黎贡山来了不同国家的动植物和鸟类研究者们，他们守候在这里已多日，当然，他们也是像我们一样是徒步进来的。

在地球上的旅行者们，当然都要有健康的身体作保障。身体，在任何时刻永远是第一要素。所有的梦想践行者们，都被自己健康的身体携带着，每一个脚印下都是你的鞋码，脚印下面能感受到你走得快还是走得慢。身体，我们的身体，比黄金更珍贵的身体下绵延出了我们灵魂的迹象。

在我看到树枝中央的红色鸟群时，它们是一个家族，三只红色鸟，脖颈是湛蓝的，除此之外，是完全的大红色。我喜欢红色，目光自然就会与它们相遇。在我驻足的刹那，目光便朝浓密的树枝看过去，旁边是一个头戴小圆帽的女子，她三十岁半，好像是来自日本的鸟类研究者。我们在山下时，高黎贡山保护区的人就告诉我说，二月份到四月份，全世界的鸟类研究者们都会跑到高黎贡山来。前两天，日本的鸟类研究者们已经进山了。

地球的动植物王国是一个充满庞大体系的博物馆，人类为什么要研究动植物？因为，我们生而为人，从古至今都与这个世界有着不可分割的关系。地球上的枝叶、草木、水流、矿石、飞禽走兽们都是我们的朋友、语系、音律，正是它们的存在，维系着自然和时间的生态。

生命中，我们无法离开一只鸟诱引的飞翔，它使我们看见了天空的蔚蓝，它自由地拍翅飞翔惊醒了我们的愚钝、嗔痴、混浊，使我们迅速摆脱了桎梏。由一只鸟的身体，我们看到了彩色的羽翼，聆听到了鸟语，观看到了飞翔。世界如此美妙，但仍然存在着战乱，在我观鸟的脚下和又发现了一个战壕。头顶是一群红色鸟类的家族，它们将以这座古老的森林作为永久的家园，尽管如此，它们仍要从这片树枝出发，去寻找飞翔的蓝天。

出发再抵达，我们在寻找什么？旁边头戴小圆帽的女子，虽然来自另一个国度，却完全没有不适应的感觉，看得出来她已经全身心投入到这片森林了，她将手中的探鸟工具架在面前的树上。人类面对地球时，只有一个共同的家园，只有在这个时候，他们和我们之间没有国与国的界碑，没有语言的障碍。

尽管如此，我脚底下又触到了这片动植物天堂王国的一个昔日战壕，我站在里面，仍能感受到来自战争的血腥味。从这一刻开始，作为一个写作者，我就开始用语言去追溯战争中的这片原址。而当我从战壕往上爬时，那个头戴圆帽的女子发现了我，便伸出手来将我拉了上去。这个温暖的姿态，让我感动，而在很久以前，这座天堂曾经是第二次世界大战中一个原址。

那一夜我们栖于高黎贡山的南斋公房，在 3800 米左右的海拔处还有白色的雪花覆盖着山地。我们在黄昏之前抵达了南斋公房，这是著名的南方丝绸古道的一个重要栖居地。从古至今，到达了南斋公房，就意味着你要在此择路、栖息、休整。

那一夜，我们拾来了枯枝，升起了篝火。为了壮胆，我们搜索着会唱的歌曲，轮番合唱。火塘中烧着土豆，在寒冷的海拔处，我们就着石板铺上了简易的行李。那一夜，全身寒冷，还听见了野兽的叫声。第二天黎明，我们又开始出发了，从南斋公房往山下走时，竟然遇上了一场突如其来的雪雹。

那些冰冷的雪雹从天空而下，铺天盖地而来，我们分享着这番壮景，这就是人类理所当然应该感受的生活。我们来不及寻找洞穴，用躯体迎接着这场雪雹，三十分钟以后，雪雹停止了，一道彩虹出现在天空中，太惊叹了！我们就是这样的人类，渺茫无际中接受着美景的降临。下山以后，看到了高黎贡山脚下最美的田野，这也是我记忆中保存下来最为完整的图像：成群结队的白鹭从天空中迁徙到了半空中，它们就要落下来了……

我不敢相信自己的眼里竟然出现了如此美妙的图景。数之不尽的白鹭仿佛乘着梦中的翅膀飞到了这片地域，这也是它们南迁的地域。半空中的白鹭历尽了艰辛漫长的旅途后，终将抵达高黎贡山脚下的这片开阔的田野，在这片有水、有山、有庄稼地、有沟渠丝网般编织的美景。

它们是一个迁徙入南的大家族，就在我眨眼间，白鹭已经越飞越低。倘若你跟我一样，刚刚徒步走完高黎贡山，经历了战争留下的战壕，在鸟的天堂，又聆听到了那些小精灵们的歌唱，再经历了那场突如其来的雪雹以后，带着疲惫、欢喜、忧伤走到了山脚下，抬头看见了这番场景，会是怎样的激动和感慨。

行走在神秘的高黎贡山，沿着古老南方丝绸古道往前行走的过程，仿佛经历了一部大书中跌宕起伏的时间之谜。沉隐在古道中的战壕，留下了战争的弹片，那场战争使我的祖国饱受了沉重的巨创。尽管如此，战争总是要结束的，多年以后战争终于结束了，而战壕却留下来了。这些被迫于为战争而服务的遗址，虽然如今长满了野草，却仍然在沉默中哀悼着在战争中殉难者的灵魂。

当伟大的高黎贡山体系中盛满了大树杜鹃的红色花朵时，你行走其中，感慨自然万灵的生死之忧后，也会惊叹宇宙这神奇的布局。站在鲜红的花朵下，那一年，手机还没有拍照功能，带着相机的朋友轮番为我们拍照。那时候手机还没有微信，否则，我们所遇到的战壕和大树杜鹃花朵，都会瞬间跃然于微信朋友圈中。还有鸟的天堂，人，只有面对鸟世界时，才会幻想让身体长出翅膀是多么自由，而自由飞翔同样需要付出勇气和代价。

眼前是万千只白鹭迁徙而来的栖身之地，在没有互联网的时代，其实，我们的爱会更炽热，我们奔向了那群最先栖于田野的白鹭时，内心变得如此的柔软。手机中还没有拍照功能、微信功能，只用于打电话。是的，如果迅猛发展中的电信科技滞留于此，不再前行。那么，手机就不会有游戏、网购等功能，简而言之，手机就不会成为人们手中的玩物。

全身雪白的白鹭栖于田野，它们寻求食物水源，夜里，它们会栖于树身的枝叶间，黄昏降临，随同夜色的降临，田野上就看不到白鹭的踪迹了。每一个生命体系都会创立它们的生存规则，当暴雨来临之前，只要置身在旷野小道，你就会发现在闪电中的小路边缘，蚂蚁王带着它的子民迁往家园。

从高黎贡山脚下的小路延伸出去的田野，出现了一座座村落，这些南方丝绸古道上出现的村落，在紫薇般的光束中离我们越来越近。古道，是历史脉络中的遗址，每次离那一座座逝垣残壁越来越近时，总能感觉到这些隆起在地域中的曲线，曾经是我前世吟唱过的某段旋律。

在一座古村落，我看到了农家小院中的造纸坊，奇境总是隐藏在村落间。当大都市的造纸术以大型机器生产大批纸张时，仍有这样一座座从古而来的村落，保持着古老的传统习俗。

走进一个农家小院，就是造纸坊，从附近森林中采撷来的树皮，是造纸的材料。这些树皮先要经过高温煮沸后，再浸注水筒中数日……总之，这些缓慢的过程，是民间造纸坊秘造纸的初始，另外的工序就看不到了。我们站在农家庭院，嗅到了树皮的香味，便想起拂开的书页，纸质书曾伴随我们成长，是我们这一代人必需的精神食粮。

古老小村落的造纸坊是明代迁徙而来的移民从江南、中原带来的手工技艺，如今它们在不慌不忙中延续着。时间在这座村庄，仿佛并没有往前走，相反，它仿佛在往后走。

往前走，意味与新的文明速度和科技的全球化接壤，而往后走，则意味着寻找到祖先的风俗。而这座村庄正在往后走，当然，在村庄很少见到年轻人，这是一种趋势。年轻人都在往外走，城市接壤的年轻人，带着青春的不安和幻想朝着陌生的地平线走去。

村庄所留下来的大都是中年人，而且是固守家园的中年人。当然，许多中年人也在往外走，他们带着自己的某种技能到城市去，开辟新的天地。老年人是必须留下来的，他们要为到城市的儿女管理孩子和田地。所以，留下来的中年人便延续着祖先们的风俗，造纸坊正是这风俗传袭之一。文明的进程加剧了科技化的变革和速度。我们站在造纸坊的农家庭院，仿佛生活在几个世纪以前，那时候的慢节奏中没有轰鸣加速的高铁飞机；那时候，人们用身心在行走、耕耘、纺织，没有网购和高楼大厦的落地玻璃。

树皮的香味充斥在书籍中，我的热爱在这座高黎贡山下的小村落，寻找到了溯源：这一生，我都似乎与纸构成的世界相遇，写书或读书，都是宿命。

来到了腾冲，这是第二次世界大战滇西抗战的主战场之一。我们来到了国殇墓园，又一个巨大的震撼，在碧云蓝天下我们前来拜祭，从这一刻开始，另一个写作的主题来到了我生命中。从这一年春天到高黎贡山遇到的战壕到鲜艳的大树杜鹃、异鸟的天堂以后，我的写作开始了另一种转身和颠覆。

我独自行走在腾冲县城，这是滇西第一城，住在和顺乡的乡村客栈中，我能倾听到马蹄声和战乱交织的音律。一个写作者的灵魂在这里仿佛寻找到了时间的又一线索。那时候，我有一种心慌意乱的冲动，我来到了和顺乡洗衣坊的石板旁，有几个妇女正蹲在水边浣洗衣物，从古到今，这一风俗仍在绵延。在百年以前，和顺乡的男人从十八岁就开始走夷方，他们赶着马沿着石板路，开始去闯荡世界，女人则留下来守候家园，洗衣坊是留守家园的女人在此等待男人的地方，从这里可以看见赶马人回家的路线。此外，女人还可以在此洗衣时听到传来的种种消息。

在和顺乡我看到了乡村的第一座图书馆，在一座布局结构松弛严密的古老大宅院中，有台阶通往图书馆的房间，这确实是一座纯中国乡村的图书馆。走进去，空气中飘荡着黑檀香味。我靠近书架，充满历史感的一排排书架比我们驻留世间的生命更长久，包括一棵树、一道门窗的历史和存在感，都会超越我们的生命。

只有生命是如此的脆弱，我伸手取出一本书，竟然是哲学家艾思奇的《大众哲学》。1910年，艾思奇生于云南腾冲和顺李家大院……他后来走出了和顺乡，寻找到了自己的哲学之路。我将书重放回书架，看上去这本书已有很长的历史了，而且留下了很多人阅读它的痕迹。和顺乡村图书馆书架上的每一本书都充满了来自苍穹间的味道，在这里，我再一次感悟到了博尔赫斯所说的：图书馆就是天堂的模样。

自由何其珍贵

我梦见了自己在一片瀚海中行走，身穿绿色的棉麻长裙，赤裸着双脚，长裙曳地，裙角与脚下发出的沙砾声，犹如从远方天际传来的天籁。四周无人，无一生命迹象的事物存在，当然也不存在一片树叶一朵花，更看不到炊烟和亲眷的身影，也不会看见牛羊家禽，飞禽走兽的身姿，也不会捕捉到屋外蜘蛛织网时的痕迹。或许这就是将来某一天我赴约的一个美丽世界，人生尽头最后的世界。

梦醒以后，我在哪里？王医生的诊所是一个小世界，青云街四号，坐落在李公朴遇难的地方对面，王医生天生就是一个小说人物，从认识她的那天开始，她的眼睛就吸引了我，因为她的眼睛明亮而干净。

我骨子里面喜欢与眼睛明亮的人交往，无论是男人还是女人，第一次见面，如果我遇上了一双明亮的眼睛，那么，我就会有一种本能的信赖感。就像你走了很远的路突然看见了一汪泉水，或者早晨推窗后，看见天空之蓝时的那种信赖。

我们走山路口渴时，看见一汪清泉，不用多思量，就会本能的弯下腰喝水，并深信这泉水比我们城市里的自来水、矿泉水更清澈，喝完水以后有一种满足，就像润泽嗓子以后获得了甘露甜蜜的记忆。早晨碧蓝的天空，本身就是一道窗外的好风景，除了给予我们气象云图之外，它能激荡沉睡了一夜的感官。

倘若你在人世苍茫间遇到了一双明亮而干净的眼睛，这应该是你结下善缘的开始。

王医生的诊所有一种小说中叙事的节奏和变幻，来来往往的人们并非都是患者。王医生有一个茶台，云南人都爱喝茶，因而大多数人都会在家里、办公室布置一个茶台。朋友来就围坐在茶台边，聊天品茶，无疑是人间一大乐事。

先说普洱茶吧，我曾在多年以前写过长散文《普洱茶传》，那段时间我被几种关于传的文体缠绕着。二十世纪九十年代初期，云南的普洱茶开始复苏，这是一个令人激动的现象，在关于茶文化的历史中，云南茶道从远古就开始了。诸葛亮南行征战时，来到云南的古茶树林中，那时候碧绿的野茶树林迎来了一支患眼疾的军队，他们躺在野茶树林睡觉时，从风中落下的茶树叶，落在了他们的眼皮上，树叶上有露水溶进了熟睡的士兵们的眼帘。第二天醒来时，奇迹发生了，所有的眼疾患者奇迹般地恢复了。

在云南的西双版纳、普洱、临沧、保山等地有无数的野生古茶林，在千年以前，生活在茶林附近的人们，已经开始煮茶。先民们采撷鲜嫩的茶叶，用于生活中煮茶饭，煮水。除此外，为了保存茶叶，他们学会了将采撷回家的新鲜茶叶，放在太阳下晒干，之后再装在袋子里。

先民们将袋子里的茶叶放在路边，途经此路的商人会用马背上的盐巴换一些路边的茶叶，这是一种古老的商品交易。从那以后，云南的古茶树制作的茶叶就进入了南方丝绸之路，进入了绵延不绝的商品和文化之旅，进入了普洱茶的历史中去。

在我的出生地滇西永胜，还在延续着喝油茶的习俗。在乡村的火塘边，每天早上要做的事情就是将油茶罐放在火边，像拳头般大的油茶罐，是当地土陶人烧制的。茶绿色的罐子里，放上米、茶叶、油、红糖，将它们煨制出又香又甜而且提神的油茶，喝下几杯茶，下地干活的庄稼人都会格外精神。我喝过纯乡村的油茶，它们至今仍在我的味蕾中保存着那个奇妙的早晨。清晨我醒来以后，一个奶奶将亲手熬制的油茶递给我，当时是周末，我跟同班的女同学回到了她的乡村老家。一杯永胜纯乡村的油茶，在今天重温它时，绝对是一杯上好的天上人间的美酒，虽然它并没有何酒精，却同样会让我沉醉。

古老的茶文化到如今已流行于俗世的生活中，尤其在云南，喝茶，喝什么品质的茶已经成为一种风尚。我曾在云南多地行走，曾沿着明代地理学家徐霞客行走过的保山昌宁行走时，发现了一大片野生古茶林，昌宁后来研制出来了著名的红茶。

那一年，诗人李森驱车带着我们来到了腾冲的茶区，早些年我因为写滇西抗战的作品，经常去腾冲，但我没有想到腾冲除了耸入云霄的高黎贡山、滇西抗战遗址、和顺侨乡、温泉之外，竟然还有那么多如同波涛汹涌而来的茶山，诗人李森驱着一辆越野车，带领我们去茶山赴宴，满眸的绿茶树看上去很年轻，就像十七八岁的少男少女。在茶山的宴席上我们品尝到了一桌茶宴，每一道菜中都有绿茶，真是美宴啊！只有在云南，我们能在远离高速公路的地方，品尝到真正的野生茶宴。

还有临沧茶区，在临沧我有一个常来常往的朋友，他就是写小说的何鸟。因为有何鸟，我有许多次出入临沧的机会，就像明代的徐霞客从昌宁来到了凤庆，最终的目的地是云县，他是为了某个两年前的约定，到云县来看他的朋友，在他出入凤庆时，却绕过了山顶上那棵三千年的古茶树。当我伸手去拥抱这棵古茶树时，朋友告诉我说，那一年，徐霞客就跟着马帮从山下的古道走过去了，他的游记中没有对这棵古茶树的记载。是的，徐霞客走过去了，当他最终抵达了目的地云县时，他要赴约的朋友已经生病去世了。

这就是五百年前的旅路，那时候，徐霞客从江苏江阴一路走来，耳边只有马蹄声、风声，和眼中鸟兽百花的图像；那时候，没有电话、互联网，所有人的出行都在跟随天际行走。

徐霞客的行走孤独而艰辛，但我走在徐霞客曾经走过的路上时，曾一遍遍地去想象一个五百年前地理学家的孤旅之路。在想象中我甚至羡慕他的长旅，他生命中最好的年华应该是在云南的山水中度过的。《徐霞客游记》就是一部关于山水地貌的长卷，每一个被他驻足之地的地貌路线，都是一个时间地点的诠释记载。

当一个人用脚或心灵去丈量大地有多深邃，天宇有多遥远时，工业文明的速度，科技革命的宣言还没有像核武器一样来到这个星球。一切都如闪电般魔幻，四季负载着万物万灵之心在生长变化。

因此，我有限的想象力在互联网覆盖全球的版图时，想到亲爱的徐霞客身边，我多想陪他走完一段旅途，他身着布衣长袍和那双黑色圆口布鞋穿过了荆棘弥漫的古道。如继续往前走，在他的《徐霞客游记》中详细地记载了行走的距离，奔涌而来的水系，云图的变幻。认真细语《徐霞客游记》时常会感受到，涌到徐霞客脚下的泥浆，山涧就在我的脚下旋转，明代的云南山水体系对于徐霞客来说，是一个持续在长卷中的奇观，而鸟枝花叶、露水、村舍、茶水等，同样是游记中的场景。我尽可能地以今日被各种污染的空气、水流、心灵的疲惫，去感受徐霞客一路走来的世界。其实，在艰辛孤独的长卷中，徐霞客遇到的万千山水，都是激荡他生命的乐器。徐霞客是幸福的，二十一世纪的人们已经难以回到他所行走的时代，因为山水地貌都在变化。当然，变化最大的是人心。徐霞客没有找到他的朋友，却沿着云南广大的疆域行走，在没有互联网的时代，人心的尺度是与脚的行走相呼应的。

我承认，强大的互联网改变了世界的每一个布局。在互联网时代，商业从街道店铺进入了网购，每当我行走在街道中，看着越来越冷清的店铺时，就想象着，如果有那么一天，古老街道中的每一家店铺都关了门，那么，这一条条从古代延续出来街景小巷是否会失去人的脚印？倘若那一天降临，我们的城市中的农贸市场、超市、百货商店、服装店都消失了，一切便会荒芜？

接下来的问题还更多，倘若有一天家里来了机器人为你做家务烧饭，我们几千年延续下来的烟火手工厨艺会不会消失？目前来看，从我们生活中消失的东西已经够多了，手工劳动、纸质阅读、逛街买东西等已经以我们看不见的速度在消失。

有一天，无人驾驶的时代又会降临，那时候，我们人类，其身体的四肢将用来干什么？这是我们这一代在余生必将经历的人世变化。当科技化的功能取代了人的肢体语言，那么，我们人体腾飞行走的手工技艺，乃至大脑细胞的组织循环会不会像一朵绚丽的玫瑰花般枯萎死亡？

当焦虑或忧伤笼罩现代人时，身患抑郁症的人就越来越多，这是为什么？对我个人而言，我畏惧速度，太快的速度，使我心悸失眠，速度带来的变化取代了我们感官的栖息，对来自道德的温习和培育。太快的速度，仿佛剥离了我们的衣服，试图将我们的肉身熔炼为金属的。

因而，身患抑郁症的部分个体，总有一种想飞跃的欲望，这是为什么他们总想从高处往外奔去。

从王医生的诊所青云街四号开始，竟然以茶为话题，说了这么多废话。不过，说真的，在唠叨不息的废话中却揭示了我们的人生。

我不可能是从高处纵身一跃的人，面对宇宙，我知道自己的渺小，正因为如此，我热爱这个宇宙的热闹、繁华。除此之外，我的身心永系于人间的烟火、浮尘，我是它们中的一部分。曾以生命的存在投身于荒野深处，这是我身体的避难所，在荒野，遇到天上飞的鸟、山坡上的牧羊人都是同一回事，我与它们私语、私奔……灵魂就去了天堂，然后再返回人间尘世。

我要好好地活着，这是我的准则，我要为拄着拐杖的母亲活着，陪伴她活着是一件幸福的事情。我要为亲眷和朋友活着，在他们之间，我们共同分享人世间的不易和欢喜。最后，我要为词根下的世界而活着，每当我感觉自己即将死去时，总有一个神秘的词根，前来唤醒我，激荡我，所以，我的灵魂再次跃起。而我的肉身却忠实于千万顷尘土，我要像植物忠于四季的轮回。活着，对于我来说，就是一曲咏叹调。

活着，这道帷幕拉开合拢都是美妙的，简而言之，只要是活着都是美好的。

王医生的青云街四号，后来被我写成了一部长篇小说，而王医生则是书中的女主角。这是后来的事，那么，发生在眼底下的事情又是什么？辗转于我，是旅途。我喜欢旅途，仅仅是为了摆脱大都市的喧嚣吗？那么，大都市这座大舞台又为什么总是喧嚣的？或许它的功能太多了。功能这个词汇可以出现在设计图中，每当我们装修一套房子时，设计师在设计时首先要倾听你对功能的需求，然后再设计出效果图来，设计图中就有你所需要的全部功能。

而一座几百万或上千人所生活居住的城市，必然会产生无数的社会功能，除了产生来自政治经济的功能外，更为现实的还需要配备银行、医院、超市、学校等功能。众多的功能必将使城市充斥着功能的喧嚣声，以及被受制于这些功能的人的喧嚣声。久而久之，我们就想走出去，逃离开一幢幢来自钢筋水泥建筑的喧哗，这混合着来自人和机器的各种喧嚣声中，细细聆听，就像机器人和肉体结构组合的世界，它们彼此干扰，在时间的静止和漩涡中发出的声音，是喧嚣。

因此，我们又出发了，不仅仅是为了逃离大城市的喧嚣，更多时候是为遵循心灵的召唤。

那个炎热的季节，我说的炎热是昆明人感受到的炎热气候，二十八九度的夏日天气温度，对于昆明人来说，确实已经够炎热，但在外省，这个温度已经是夏季最凉爽的，天堂般的温度了。

然而，这炎热下升起的另一道帷幕仍在召唤着我们，于是我和海慧又再次出发了。这一次，我们将去在云南保山和大理之间的一个县，它隶属于大理州。去滇西的路线，是我生命中的某个琴键区域，只要我的手放在琴键上总能触碰到它召唤我的声音。

人这一生，无论用梦想和禀性，造就了什么样的声名，对于一个在精神领域中追求独立和自由的人格来说，其内心总是在茫茫时空的变幻中倾听着内心的召唤。

在那个看似炎热不堪的季节，来自内心的召唤将我带到了永平县，这其实是我早就心仪已久的一块土地。这里有汉武帝时代开拓出的一条古道，当地人称为博南山古道。对于路的迷恋，其实是我对于时间的另一种幻想。

幻想有何意义？沿着时间地图，我们在永平县文联主席张继强的引导下驱车来到了博南山古道。人的行走，是为了抵达现场。幻想中出现的一座博南山，其山脉纹理朦胧而又遥远。首先，是一棵有八百年树龄的梅花树出现在眼前，虽然已经过了梅花绽放的季节。八百年的梅花树，时间，浮现在枝头脉叶，整个躯身有弯曲，有笔直，有畅游的浪涛，沉滞的根须沿着地脉扩充着它的领域，寻找它的秘籍，沁入了花桥镇外面的石板路，乃至整座博南山古道的传说。

每个人都想跟这棵八百年树龄的梅花单独合影，历史沧桑在我们人体行走者的过程中，显得忧伤而又朦胧，我们为何迷恋有时间感的事物和生命？因为，生而为人，生命年龄确实太短暂了，这些无法改变的事实使我朝圣永恒万灵之相，通过它们的肢体语言，我们会一次次地感受到惊奇和欢喜。

人们为何喜欢面对有历史沧桑感的万相合影，因为我们透过存在的时间再一次感悟到了生命的渺茫脆弱，同时体会到了人间万相，都在以各自的生命过程守望着自己的家园。这棵具有八百年树龄的梅花，从它的根落在博南山花桥古镇时，它就找到了自己的故土。前来朝拜的人以各种形态与它合影。

八百年树龄的梅花绽放的二月，听说整座花桥古镇上都弥漫着浓郁的梅花香，我想象着它花瓣的香味，同时想象着满树的色泽。如此美好的一天，离开了八百年树龄的梅花以后，我们又沿着花桥古镇的石板路行走。

这条从汉武帝时代就开拓出的边疆古道，是我近些年在云南边疆行走中遇到的又一处人文历史奇观。走古道，都会遇到青石板路，我们的先辈早在两千多年以前就开始采撷青石板铺路，最初的石板是粗糙的，锋芒毕露的，是人脚和马蹄一年年的在上面行走，将石板表面的锋利磨砺掉，就这样，青石板就变得越来越光滑了。

花桥古镇坐落在巨大的博南山半山腰，花桥，这个镇名很特别，与花结缘，这座古镇在两千多年前来了许多官兵修筑古道。之后，这里就开始迎接来来往往的旅者，从昔日的青青石板路上，似乎就能感受到各种身份的旅者来到花桥寻找美食、客栈、马店时的心情。

人间万相都为一个个在远方莫名而升起的目标而奔走，远方，从古至今，都是虚无主义者和实用主义者所共同所向往的地方。虚无主义者所奔走中的远方，不过是落日以后黑暗中的一扇小窗户和一盏明灯，一个前来迎接你的幻象；而对于实用主义者所奔走的远方，有黄金的源头、掷地有声的钢材、喧哗与躁动中的物质生活。

那一年，我来到博南山古道，无论是盆地里的乡镇这是山冈上的村落，都依旧保持着两千多年前的烟火升腾……当我所热爱的澜沧江突然从博南古道中跃出，站在山冈上眺望澜沧江时，我不知道该如何向你们，亲爱的生活在二十一世纪的我的有限的读者们讲述我的心情。

二十一世纪几乎是在睡梦中的某一根弓弦突然跃出来的地平线，当我写这本书，已经是 2020 年，简而言之，二十一世纪已经过去了二十年，纵身跃出 24 层楼的张国荣已经离开了十七年的光景。时间有多快，唯有博南山古道的石板上还完整地保存着两千多年前的花纹，唯有花桥古镇那棵有八百年树龄的梅花，每年初春时所绽放的色香味，仍然是八百年前的色香味。

人生除了生死之外，还要活动。其中，行走只是一部分。所谓活动，有来自社会的，也有个人化的。2013 年的 10 月，一次意外使我的脚踝遭遇了骨折，一生喜欢行走的自由者，脚踝先是上了石膏，几天以后，又包上了中药，支撑身体的是一副拐杖，这意外的受挫感，使我不得不封闭式的生活。

要学会奔跑也要学会拄拐杖，我告诫自己，人生在任何时刻遇到的事情都是命运的安排。最初的时候，拄着拐杖的我会来到露台，这个小空间自从我们迁往此地居住以后，就成为了我眺望天气变幻的地方。露台虽小，却能感知世界，早些年，只要到除夕夜，我总会和一个成长中的小男孩，站在露台上，观望从昆明市体育馆升起的烟花，我们的房屋离体育馆只是千米左右。午夜中的烟花升腾在天空，变幻出短暂而又永恒的玄幻力。

那一时间是美好的，身边的男孩站在凳子上，他似乎想离天空近一些，似乎想伸出小手触摸从黑暗中往天空升腾变幻无穷的烟花。

人，如果有机会，一定要在除夕夜，观看一场城市的烟花，从城市几个重要的体育馆和广场，有专门放烟花的地点。所以，观者的目光可以不断变换视觉点……发明烟花的人们啊！你们将这个美丽而魔幻的世界看得如此真实。正因为如此，你们才发明了从地面向天空升腾的烟花，以其绚烂魔幻的视觉力量，在瞬间，化为乌有，这就是人生的过程吗？

自由何其珍贵，因为在心灵史上筑起的墙壁和栅栏，这一道道用各种石材垒起的墙壁，冥冥之中就让你与他人的世界保持着距离。脚与脚之间拉开了距离，身体与身体之间拉开了距离，行为与行为之间拉开了距离，梦想与梦想之间拉开了距离，语言与语言之间拉开了距离……这距离，使人学会了筑起墙壁。在古代，人的双手还不会筑屋，但已经学会在自然的洞穴和森林的屏障中居住，以避开野兽和风雨闪电的侵袭。

站在露台上，我又看见了对面放鸽子的青年人，他好像成熟了，果然，一个女子抱着一个婴儿来到了他身边。几年前，我们入住此地时，他看上去还是一个少年，而现在，他的生活增加了新的内容。他托着白鸽，将它往天空送去，而他身边的年轻女子托高了婴儿，试图让孩子看见一只鸽子的飞翔。

隐藏在我们身体中的欢喜和忧愁，总会融解于冰川和海洋。向日葵为什么是金色的？某年某月的某一天，冰山终将融尽最后一滴水，江河海洋的蓝色终将回到眼眶。

突然看见了顺墙壁堆集的那些布面画框。不久之前，我走进了凤翥街张师开的画店，果断地订制了 40 多个布面画框。每次途经凤翥街，都会看见张师画店里在定做画框，他的店里堆集一匹匹亚麻布，柜台上有油画和水彩颜料。许多次，只要看见那些画框颜料，内心就会有一种隐藏在身体底部的冲动。

原始的冲动看似无根无源，认真追究总是有线索的。从我开始阅读书籍并开始写作时，这个从二十世纪八十年代开始的个人行为，就意味着我要遇到更多的新事物。命运就这样安排了我，在青年时代的恋人中有画油画的……我已经逐渐淡漠并忘却了与他们在忧伤的青年时代的相遇，当我站在凤翥街张师的画店中，恍惚而又缥缈的订制下四十多个布面画框时，我想起了他们的名字和他们在时光中变得模糊的面孔。

灰尘是干净的，这就是为什么，麦子、稻米只能在旷野尘埃下生长。

栅栏、果物……我们的爱和悲悯，哪一个都不可能丢弃，这就是为什么，在2020年，这个全球灾难无穷的年份，我要写下这部书的理由。

地球的一个角隅，足够让我们在此安居吗？我们需要诗歌、大米、浆果，同样需要一个小小的圆圈。在某一刻，伟大的孤独引领我们穿过了黑色神曲弥漫的一排排栅栏。这些密织出的链条，犹如水中波涛，总会撞击我们的身心，最终让我们回到广大的陆地，找到在时间波涛里的自己。

正像某根弦，已回到了乐器的老家，某个人，成为了你终其一生的幻象。

在露台上，这是我们的小宫殿，幸福，就是这么简单。我找到了自我，便开始使用那些布面画框，某种命运的开始，看似脆弱，实际上是很坚定的选择。

我将画框支在了画架上，这蓄谋已久的行为，就在我的脚踝疗伤的季节开始了。

隔着千万道屏障，触摸仍那样温柔而坚定，这正是我们热爱火柴盒、蜡烛、镜子的原因。我告诉自己：请腾空而起，或者在棉絮般的云层深处，找回自己的舞鞋，继续歌唱、栖居、独舞，在烟火未散的世界漫游。

在那个疗伤期，是云南历史上最为寒冷的冬季，我的衣袖不小心染上了油画的色彩，这一染就是数年；在我疗伤的冬季，四季如春的昆明下了三场大雪，这雪竟然冻坏了城市的自来水管，太阳能热水器；在冰冷的室里绘画，是一种什么样的感觉？我熬过了最寒冷的冬天，我熬过了依附于拐杖撑起的身体；在那个疗伤的季节，我竟然开始在画布上涂鸦出了热烈的色彩……这是宿命，从一开始，我使用的色彩都是热烈而绚丽的，哪怕内心多么绝望悲伤，一旦我拿起画笔，靠近画架……

没有任何一种黑暗能够阻碍我对于热烈或绚丽色彩的追求。我说过吗？哪怕风中的黑栗树叶呼啸下来满屋的凋亡，只要我拿起画笔，整个屋子都会迅速变得明亮起来。

因为冬天，疗伤的时间足足消磨了半年的时光，当我摆脱两根拐杖以后，我像是又重获了自由。虽然离我原来的快步疾走，还需要些时日，但我完成了脚踝的疗伤以后，仿佛感觉到画布上的那些热烈的色块回到了我生命中。

相比画布上那些热烈绚丽的色彩，我在现实生活中却是一个脆弱的人。脆弱，是因为肉身是泥或水的一部分，最终我们将回到那古老的尘土和流水中去；脆弱，是因为爱如潮水，将我们送到无尽的陆地和海洋之间相互漂泊；脆弱，是因为你就是你，我就是我，就像坚硬的岩石永远取替不了水的涟漪……

孤独和脆弱……这些萦绕于我内心的情绪，在写作中穿梭、静息和掀起微波细语，只有当我面对它们时，光阴于我仿佛是嘴唇上的一只酒杯。

写作之外，又增加了绘画，在云师大校园明达楼二楼，我有两大间画室，每间 70 米，加起来就是 140 平方，它们是我近些年将身体隐蔽其中的另一个地方。准备去画室的头一天晚上，躺在床上，在似睡非睡中眼前总是会出现大片大片玄幻而热烈的色彩。

其实，所有从脑海中奔涌在画笔下的色彩都来自我亲爱的云南，来自我行走过的神秘而又辽阔的疆域。从我出生时看见的蓝天白云深处的丘陵，旷野中生长出来的野花、藩木中奔跑着各种精灵，正是它们给予了我生长的语音和画面，多种视觉的撞击力，培育了我的美学和色彩的感受力。

穿上一件宽大的工作服后，我就开始画画了，这是我最为幸福的时刻，它跟我在写作时的感受完全不一样。那么，它们的差异到底在哪里呢？写作，同样也充满仪式感，近些年，我有早诵的习惯，将近一个半小时的早诵以后，吃早点，人在饥饿时同样可以写作，但持续的时间不会太长。太长时间的饥饿会让人力不从心，语言需要人倾尽全力，很像那些攀岩者，必须以百分之百的专注和力量，从低处上到顶端，而中间所历尽的每一个细节，只有攀岩者自己知道。

无论是攀岩还是写作者，他们所经历的过程大不相同，即攀岩者独自一人面对笔直向上的岩石，写作者则面对语言的瀚海。中途所遇到的险境，都将由自己完成。

我敬畏勇敢的攀岩者，从他们选择这一职业时，早已默认了将身体攀于岩石的诸多险境，这不是所有人可以选择的职业。在云南大地上行走，我了解峡谷岩石的形状，它们是由不同的结构组成的，无论是尖锐的、圆润的岩石都有不同的隐患，攀岩者途经它们身边，有些岩石看似稳定，其实手一碰撞就松动了。一个人攀岩，不仅需要勇气，也需要准确的判断力和速度，更需要耐心和专注。当一个人攀到了顶端，他们战胜了自己，战胜了外在的险恶。

写作者同样是一个人，我就是一个人开始了写作，从多年以前开始，就知道写作充满了细节，所有在写作中发生的战役，生与死的结局，都源自内心的舞台。看似有无数人在舞台上演戏，事实上，我站在幕后，我是叙事和抒情者海男。

盗书梦

读书是我们那一代人必须经历的最高级的消遣。时至今日仍能触摸到来自二十世纪七十年代的书，那些泛黄的书页不知道留下了多少人的指纹，如果写一部与书有关的侦探小说的话，从书上就可以获取那些隐现在书页上的指纹，而每一个指纹，都可以揭开一个人的真相。

神秘的指纹顺着来自二十世纪七十年代的书移动到这个时期我住在小镇，自然看不到新华书店，但书可以来自中学的图书馆，我开始触摸到课本之外的纸质书完全是一个偶然，直到如今，我还是未弄清楚小哥哥床底下的那一箱子书是从哪里来的？难道是从海洋漂泊而来的？这是科幻小说的追问，小哥哥大约早就遗忘了那箱书，它被我盗走了，严格地说是被我藏起来，一个爱书的人必然拥有无数种藏书的方式，我记得当时将《野火春风斗古城》藏在墙角米袋边缘的场面，一只飞蛾迎着我手中举起来的手电筒的光飞过来了。

为什么要藏书呢？只因为那箱书是从小哥哥的床底下盗来的，充当一个偷盗者，也真不容易啊。为什么要盗书呢？这个问题是很多出生在二十世纪六十年代的人们都很明了的，我们这一代的幼年遇上的大都是来自贫瘠年代的风景。有两种贫瘠像黑色的大蜘蛛织出的网封蔽着我们的现实世界。第一种贫瘠当然是物质生活，那时期，我们共同享用着计划经济时代的供物票证，穿着清一色的衣装，饮着没有漂白粉的井水，跳着国民歌舞，说着公共语言，这些东西都来自物质生活的贫瘠。除此之外，还有文化的贫瘠，书，一旦出现在视野，比一块块黄金更能彰显魔力，我不知道别人的感受如何，对我来说，一本书就是黄金原型。

在那个奇妙的时刻，是我身体中的那个伟大仁慈的神正在牵引我去发现藏金之处。弯下腰，在小哥哥的单人床下，一种奇妙的味道使鼻翼像翅膀一样扇动着，呼吸下涌来的纸张味，如此的强烈，就这样，我将头伸进床底，发现了世界的奇迹。

满满的一纸箱书啊，每一本书摸起来就像传说中的黄金那样重，仿佛是自来人世之后头次感受到一种形而上的欢喜。便开始将这箱书分批盗走，绞尽脑汁地构想着将它们迁往何处藏身。从那一刻开始，我就成为了一个盗书者，并以说不清楚的某种神秘的力量将它们藏在了只有我知道的秘密洞穴。

有三个藏书处哪怕是在今天看来，也充满了智慧和诗情，当我将《野火春风斗古城》藏在了米口袋的一侧，这个藏书处，绝对充满了隐喻，它暗喻着书是我们的另一种口粮，是可食的另一种粮食。

当我将《金蔷薇》藏在屋梁之上时，那是一个黄昏，我仰头看见了燕巢。一种突如其来的喜悦涌遍全身，我找到了一架梯子，在黄昏的掩映下顺着梯子爬上。这是我第一次爬梯子，但手里拿着书，仿佛附了神力，并不慌乱。上到梯子高处，恰好手可以够到燕巢旁边的空隙，完全是天然的藏书阁，当我将手里的书塞进那道空隙，还听到了燕子在巢穴中的呢喃声。这个地方同样充满了隐喻：它映射出了一本书的灵魂，即系于人类的心灵，也能像轻燕般自由飞翔。

当我将《小城春秋》藏在母亲的一只棕皮箱子里时，它仿佛在告诫我说，终有一天，我将拎着箱子里的书和行装，从家门口出发，沿着心灵的路线去旅行，直抵世界尽头，重新发现我的新大陆。

就这样，我虚掷于人世的时光，开始与书结下了渊源。书，从我十一岁开始让我寻找着藏身之处，它确实是砖块，黄金的重量，世人离不开砖块。它可以建铸屋宇，同时也在追溯着黄金的源头。而书籍则是驾驭灵魂的伴侣。

自从盗走了小哥哥床底下的一纸箱书以后，我的命运改变了。书成为了我必须拥有的伙伴，人的生命中需要情爱时，可以是一团火，但火在热烈燃烧后，取而代之的是冰凉的灰烬。

而书籍的神秘热烈就像四季的轮回，不断地在我们眼前变换出不同的风景。

十八岁，我在永胜县城图书馆待过不长的时间，那是一座藏书很多的县级图书馆。我这样说并没有证据，但我身置其中时，感觉到了那一年时光我的灵魂完全被那座图书馆所湮没了，那应该是我此生度过的时光中最快乐幸福的时光。之前，我只接触过中学的图书馆，它很小，书籍容量也不多，记忆中只有三书架书顺墙而立，尽管如此，我看到了书架。

永胜县城的那座图书馆有大约150平方米，即使是在今天看来，它也算得上宽敞了，而且还不包括阅览室。当我在其中行走时，有一种梦游的感觉，一排又一排高高的书架，高过了我的头，高过了我将手臂伸展的距离。最为重要的是书架上藏有那个时期最为珍贵的世界名著，我就是在里面第一次发现了《复活》《安娜·卡列尼娜》《静静的顿河》。当然，里面竟然有我当时最喜欢的诗人拜伦的长篇诗作《唐璜》等作品。

在那座图书馆，我做了一年的图书馆管理员，除了为读者去书架上找书外，最为重要的就是发现了一座图书馆的宫殿。书架很高，里面有一架梯子，很多书必须顺着梯子去找。我喜欢乘梯子而上，这一切对我并不陌生畏惧，在我十一岁时，就找到一架梯子，将书藏在了屋檐上燕巢旁的缝隙里。所以，当我后来开始阅读但丁的《神曲》时，总是在随着他的诗句往前走，行走的过程就像是在上梯子。

命运让我十八岁那年在图书馆度过了美好的光阴，自此以后，我的单人房间里，第一次有了自己的书架。

书，是人类文明史上创造的魔法，自从我开始掏钱买书时就很疯狂，恨不得将书店里的所有书都搬回去。但买书也是会受到限制的，当钱包空了时，你只能在书的瀚海中保持尺度。人，作为有四肢血肉之体，只有在学会开始并运用尺度时，才会珍惜每一本书的来之不易。

别的物质生活买来使用以后就消失了。比如，大米或土豆等食物，哪怕是多么鲜美的苹果、石榴，当它们来到你的身边，你的饥饿和味蕾在大量的消耗它们的存在。只有书，留下来了，每一本书严格意义上讲，只要它们来到你的手上，被翻开阅读以后，必将留下你的指纹。

书，被我们所收藏以后的书，进了你的房间、箱子、书架以后，就成为了你的灵魂使者之一。

用你钱包中有限的钞票一次又一次买书，永远是一件消遣不尽的乐趣。剩下的就是读书的时间了，我在很年轻的时代，并不知道人一生读书最好的年华是什么时段？从十一到三十岁的年华啊，纸质书总是移动在书桌和枕边，青春那不安定的旅途，移动在为写作而遭遇着不同时间所磨砺的光线之下。在这个阶段，我的生活，是单纯的，纯个人化的世界，可以在任何地方找到藏书的位置，读书的时间。

最重要的是视力，这个年纪的视力是最好的，我可以在阴雨绵绵的下午，倾听着雨的淅沥声安静地读书，潮湿的空气，阴柔的光线中，一个人的读书正在翻山越岭，逾越一道道人间屏障。

枕边台灯下的读书，悄无声息。一个人的世界、呼吸，一个人的自由独立，一个人的味道，一个人的痴迷任性，可以进入书中每一个幽暗和明亮的时间段。

旅途中的书，在打开箱子的时候安然地闪现，伴随着青春的事件，所有这一切都曾经发生在我的读书履历中，在我的二十世纪八十年代到九十年代的时光里，是我藏书读书最任性疯狂的年代。

在一段旅途，我读完了马尔克斯的《百年孤独》，那是在大西北走黄河的路上。马孔多的小镇，马尔克斯的语言就像干燥的大西北突如其来的一股热风，直往头顶吹。军绿色的旅行包中增加了《百年孤独》，一种莫名冲动撞击着我们下榻的小旅店的墙壁，我一夜未眠，就因为读了《百年孤独》。旅路漫长，我们终将抵达黄河入海处，眺望着弯曲而蔚蓝的海岸线，眼眶中又一次充满着泪光。

重回云南，放下了军绿色的旅行包，终于可以认真地面对写作了。父亲的死亡，让我看见了落在泥土中的棺木。刹那间，我感觉到父亲的灵魂在墓地上空飘荡，我终于忍住了悲伤。这一场磨炼和醒悟以后，终有一天我会写小说的。我跪下，抓住了合上父亲棺木的一把泥土，我感觉到了手掌心中的泥土仿佛在说话，仿佛又迎来了一场冬眠，我该怎样站在凋亡的墓地上，与时间对话？

父亲朝天堂走过去了，小说家必须面对生与死的问题，我勇敢地目送着去世的父亲，自此以后，时间的现在和将来以及过去，成为了轮回的篇章。

这一年，我再次读着但丁的《神曲》，无限迷幻中的阶梯，通往地狱、炼狱、天堂三界的路线，忽儿白茫茫，忽儿漆黑不见踪迹。古罗马诗人维吉尔和但丁的恋人贝阿特丽齐自始至终引领着我们的目光，这部史诗用光芒或黑暗探索着生命在不同阶梯上形而上的境遇。这是一部永恒通灵的史诗，那一时刻，我爱上了但丁。二十一世纪的某一天，我有机会来到了位于佛罗伦萨古城中心的圣玛格丽塔路 1 号，这座中世纪塔楼式的建筑，就是伟大诗人但丁的故居，后来在 1911 年成为了博物馆。我想象着出生在圣马蒂诺本堂区的但丁，是在怎样的时空中迎着巴迪亚佛罗伦萨教堂的阴影，感受到恋人贝阿特丽切的幻影。我想象着《神曲》中的旋律，一个诗人沉迷于黑暗和光明的形而上学……那个季节，我迷恋着但丁，我来到了他创作《神曲》的故居，八月的盛夏，我穿过了许多条小巷，仿佛在寻访和想象但丁与贝阿特丽切相遇的时光。

人生的不同幽暗之光在《神曲》中历历出现，这部巨著影响了我对人生的诸多思虑，从地狱、炼狱通往天堂的路，以阶梯式的境状让我获得了一生的梦境，以及人在黑暗中获得生命感悟的诗学光芒。之后，我开始了诗人的写作，并告诫自己：所谓诗人，将历尽苦役，培养自己在漫长时间中探索人生之长夜的语境和精神的迹象。

不得不回到迷恋博尔赫斯的年代，事实上，一个写作者一生与书籍相遇，但真正能够影响你的作家是有限的。王央乐翻译的博尔赫斯的中短篇小说集，是我接触作家的第一部译本，在鲁迅文学院的图书馆里，我找到了这部书。第一次看见了这个传说中的名字，天啊，我将那本译本抱在胸前，有一种空前的喜悦。对于一个伟大而神秘作家的迷恋，使我想喝上一大杯用高粱玉米酿就的烈酒。我抱着书来到了黄昏中的北京王府井附近，遇到了一个我认识的朋友，他说想请我去喝酒，好啊，我跟着他来到了一家小酒馆。我记不得那个小酒馆了，只记得我们开始谈论博尔赫斯的话题，他同样也是一个热爱博尔赫斯的作家。我们要了一瓶来自北方酿造的烈酒，就着小菜，谈论着居住在阿根廷布宜诺斯的博尔赫斯。我们为博尔赫斯干着杯，喝完了一瓶烈酒，我们都醉了。但是，还保持着在夜空下挥手告别的能力，那一夜我搭上末班车回到了鲁迅文学院。第二天凌晨醒来，我就开始认真地阅读枕边的《博尔赫斯中短篇小说集》，王央乐精美准确的翻译，使我走进了博尔赫斯的语言世界。二十多年时间过去了，我买下了不同的翻译文本，买下了他所有出版了的文集，但还是喜欢王央乐的翻译。二十多年过去了，博尔赫斯这个属于作家的名字，是唯一的。他的书成为了我枕边反复阅读的书籍，每隔一段时间，我都会情不自禁地再次翻阅他写下的文字，每次阅读，都仿佛是第一次，这就是作家的魔力。

另一位作家同样出现在我眼前时，也是就读鲁迅文学院的时候，这个写下了《生命中不能承受之轻》《生活在别处》的作家，他的名字叫米兰·昆德拉。作家出版社最早出版了中文版的《生命中不能承受之轻》《生活在别处》。同样是二十多年过去了，昆德拉的所有长篇、随笔伴随着我的阅读史，正像他在《不朽》里的名句："人可以藏在自己的形象后面，可以永远消失在自己的形象后面，可以离开自己的形象；人永远不是自己的形象""不朽是一种不值一提的幻想，一个空洞的字眼，一丝人们手持捕蝶网追赶的风"；"诗歌的使命不是用一种出人意料的意思来迷住我们，而是使生存的某一种瞬间成为永恒，并且值得成为难以承受的思念之痛"；"人生不能承受的，不是存在，而是作为自我的存在"；"人们指望不朽，可是忽视了不朽与死亡在一起才有意义"。昆德拉一个开创了独特话语文体的流亡作家，从捷克到法国，他写下的每一本书都贯穿着他的理念。将哲学注入生活场景的昆德拉，每一本书都有作家对生死的幽默，情与爱的幽默。读他的文字，哪怕是在巨大的痛楚中，也能读出作家写作时的嬉戏和幽默。热爱昆德拉，他写下的书，经典的语词，汇集了诗学的抒情，又将枯燥的哲学心理学幽默化。昆德拉这个名字影响了我的写作，他同样是一位陪伴我生活的，将写作悄无声息进行下去的作家。

弗吉里亚·伍尔芙，世界文学史上一个不能忽略的奇迹作家，她的书应该在二十世纪八十年代就进入了我的阅读范围，作为意识流的女作家，从开始读她的《海浪》《到灯塔去》就充满了一种陌生的画面和语感。跳跃或变幻莫测，这是意识流最基本的语言形态。伍尔芙用语言的场景、不断变幻的画面在召唤我们，她在书中写道："她面对着一望无际的蔚蓝色的大海；那灰白色的灯塔，矗立在远处朦胧的烟光雾色之中；在右边，视力所及之处，是那披覆着野草的绿色沙丘，它在海水的激荡下渐渐崩塌，形成一道道柔和、低回的皱褶；那夹带泥沙的海水，好像不停地向杳无人烟的仙乡梦国奔流。"除了意识流小说，伍尔芙还创作了大量的散文，两种文体间都有不可分割的美学纽带，伍尔芙，一个来自英国的女作家，身患精神疾病。所以，我能从她写下的文字中，感受到她在浩瀚语言中尽全力，孤独地享受写作的快乐和痛苦的一生。她写下了这样的文字："生命的历程是被生命消亡这一事实所主宰的。死亡对于我们来说是一种自始至终存在的可能性。而生命的历程的后半部分所面临的压倒一切的挑战：是要在继续存在中找到生命的意义。"她的散文《一间自己的房子》在青春时代唤醒了我潜在的意识："女人要有一间属于自己的小屋，一笔属于自己的薪金，才能真正拥有创作的自由。"喜欢伍尔芙的那张纯粹英国式的面孔，细腻的皮肤，挽在脑后的发髻……被疾病折磨的女作家，在她五十多岁的时候，将身体投入了泰晤士河的激流和波涛中。

尤瑟纳尔的书降临时，已经进入了二十世纪九十年代。最先读到的是她的短篇《东方故事》。对于写书，她说过："有些书，不到 40 岁，不要妄想去写它。年岁不足，就不能理解存在，不能理解人与人之间，时代与时代之间自然存在的界限，不能理解无限差别的个体……经过这许多年，我终于能够把握皇帝与我之间的距离。"玛格丽特·尤瑟纳尔是法兰西三百多年历史上的第一位女院士……终于读到她的长篇《哈德良回忆录》时，我禁不住秘密的窃喜，因为这本书确实来之不易，是我通过朋友的朋友才找到的，因为尤瑟纳尔不是一位畅销书作家，但绝对是一位作家中的作家。读她的书，总是要寻找同样是秘密的时空，首先，在只属于你一个人的空间里，沏一杯热茶，翻开她的书，光线若隐若现，这时候，尤瑟纳尔那不凡的叙事开始了。我还阅读了她的另一部长篇《熔炼》……勃洛特说："尤瑟纳尔……通过重新理解和体验一个皇帝对其宠儿的感受来介入时代和爱情，通过哈德良或哲人泽农对人类的尽责来和智慧、仁慈、纯朴、正义感相结合。她正是通过它们来表现她面对世界现状的不安。"我尤其喜欢《苦炼》中的这段话："然而，渐渐地，对他们来说，泽农不再是一个人，一张面孔，一个灵魂，一个生活在这个世界上某个地方的人；他变成了一个名字，甚至连名字也不如，只是一张贴在瓶子上的褪色的标签。他们对自己的过去怀有的一些残缺不全、毫无生气的回忆，正在瓶子里慢慢腐烂，他们还在谈论他。实际上，他们已经将他忘记了。”这就是作家的语言。沉浸在这样的文字中，你也会在不知不觉中忘记了时间，甚至会忘记你是谁？遗忘掉你与世界万物的联系。

玛格丽特·杜拉斯以中篇小说《情人》进入了我的阅读世界，这是她六十岁时创作的小说，开头的语言就深深吸引了我："我已经老了，有一天，在一处公共场所的大厅里，有一个男人向我走来。他主动介绍自己，他对我说："我认识你，永远记得你。那时候，你还很年轻，人人都说你美，现在，我是特地来告诉你，对我来说，我觉得现在你比年轻的时候更美。那时你是年轻女人，与你那时的面貌相比，我更爱现在备受摧残的面容……”这个开头，使我的内心激起了波澜，杜拉斯的语言载来了湄公河细白色的浪花，法国年仅十六岁的少女与来自中国北方男人的爱情。这个原本看上去很简单的故事，被杜拉斯创造出了一个崭新的文本。有很长时间，很多人都在读杜拉斯，还会模仿她的语言，但世上不会再有另一个杜拉斯。杜拉斯的书很多，但我最为喜欢的就是她的《情人》，还有随笔集《写作》《物质生活》。她说："写作的孤独是这样一种孤独，缺了它写作就无法进行，或者它散成碎屑，苍白无力地去寻找还有什么可写，它失血，连作者也以不出它来。”她说："写作是充满我生活的唯一的事，它使我的生活无比喜悦。我写作，写作从未离开我。”杜拉斯是永远的。在她不可替代的生活和写作的传说中，我看见从她笔端流出的不是墨水，而是经过燃烧后变得冷却的血液。哪怕是在晚年，进入了八十多岁，杜拉斯仍然用惯有的方式写作。人们提到杜拉斯时，多数人总是议论她晚年时的爱情，而忽略了她的写作。其实，她最为杰出的两部随笔集《写作》和《物质生活》创作的时间，就是在她八十多岁以后。两本书虽然文字不多，但那确实是纯粹的杜拉斯的语言，没有任何人到了八十多岁，仍然能写出内心的自我，她的自我总能寻找到感性的磁铁，燃烧的火焰，凛冽的醒悟，精粹的语言，抒情的奇境，杜拉斯是迷人的，无论是她的生活和写作都与众不同。爱杜拉斯已经多年，她的书总是在枕边，不经意地翻拂中，我从未感觉到杜拉斯已经离世，她仍在写作醉酒，在她临海的房间呼吸着海面吹来的风而写作，为爱和莫名的游离于时间的自我而写作。

《说吧，记忆》这部书从一开始就迷住了我，之前已经读过《洛丽塔》，这部长篇从主题到语言，都是纳博科夫写作史上最为杰出的作品，纳博科夫一生都在流亡中写作和生活。但苦难却让他的写作穿越了时空，对《说吧，记忆》而言，是纳博科夫最迷人的作品之一，这是一部跨越了很长时间的自我回忆录，在现实和虚幻中成长的作家，离不开他所生活的背景。《说吧，记忆》就是一部穿越了无数社会和历史舞台的回忆录，书中写道："摇篮在一道深渊上晃动，而常识告诉我们，我们的存在只是一道短暂的光缝，介于两片黑暗的永恒之间。尽管两者是相似的双胞胎，人看出生以前的深渊，通常比看他（以每小时大约四千五百下心跳）前往的那个更镇静一些。”这样的开头，是不是非常诱人，语言同样是一场战役，作家的写作，出版后的一本书，该如何征服读者？《说吧，记忆》在不同的时光中，总会以不同出版的版本，重又来到了我的手中，缓慢的节奏中特别适合阅读这本书中的文字，多少年过去了，纳博科夫以他的文字征服了我。

必须回到阅读卡夫卡作品的时代，时光已经过去很久了，那是从二十世纪八十年代跨越九十年代初期，作家们都在谈论卡夫卡……以作为保险职业为生的卡夫卡，在有限的时光中，写下了《审判》《城堡》《变形记》等作品。卡夫卡，一个来自写作边缘的名字，于是，我开始了走进他的文字世界。是啊，世界文坛有了卡夫卡就有了揭示人生荒谬文学的先驱者，我的头几乎扎进了他写下的文字中，是什么样的思想和形而上学的焦灼和绝望，让卡夫卡冷静地写下了他所建构的世界？卡夫卡的语言，从开始到结尾都是幽蓝色的火花，是纤细的一团火花，牵引着我们往他所建造的《城堡》走去。人物出现了，书中的每一个人物应该都是作家自我的形象，他们的潜意识、潜在的行走、潜在的逃离和自我，都像是一部荒谬中上演的剧。我摘引下面这些书中的语言：“尽管人群拥挤，每个人都是沉默的，孤独的”，“真的道路与其说是用来供人行走的，不如说是用来绊人的”，“历史是由每一个毫不足道的瞬间的错误和英雄业绩构成的”，“现世的这些夜，却让我们承受着那来自永恒之夜的不安”，“书必须是用来凿破人们心中冰封海洋的一把斧子”，“一只手挡开点儿笼罩着你的命运的绝望，同时，另一只手记下在废墟中看到的一切”……卡夫卡的书中，有我们生命的荒谬以及被时光吞咽下去的绝望。卡夫卡的书，里边的人物和命运，书中所揭示的主题，就在我们的生活中一幕幕上演着。

巴勃罗·聂鲁达是我最喜欢的智利诗人。最喜欢他的长诗《马楚比楚高峰》正是这组诗歌，让我认识了聂鲁达，贯穿诗人一生的那些挟带高山峡谷的诗歌，让我呼吸到了广袤智利的山脉和海岸线。聂鲁达的诗歌语言具有大地岩石般的重量，虽然他早已在1973年9月23日病逝于圣地亚哥，然而，他是活在我心中为数不多的作家和诗人之一。聂鲁达是一个大地的漫游者，从他诗歌的魔法中我们领略到了大地海洋自然的神秘力量。他的一生除了逃亡游离之外就是写作，他有着智利山脉的形象，其内心和外在的气质体现出了诗人对人类的热爱。在他的爱情诗中我读到了他的温情，《我喜欢你是寂静的》是他最著名的爱情诗：“我喜欢你是寂静的，仿佛你消失了一样。你从远处聆听我，我的声音却无法触及你。好像你的双眼已经飞离远去，如同一个吻，封缄了你的嘴。如同所有的事物充满了我的灵魂。你从所有的事物中浮现，充满了我的灵魂……”在很长的时间里，聂鲁达就像许多拉美作家一样影响了我的写作。聂鲁达，亲爱的聂鲁达，我曾在云南的雨季和温暖的冬天读你，在每个季节反复读你的诗歌，我们之间仿佛没有国界。云南的山脉、峡谷、岩石犹如从你伟大而不朽的诗歌中呈现的诗歌体系，我能完全用自己的灵魂去感知你的诗歌变幻出的各种诗学漫记。很想去你生活过的智利山脉和故居走一走，如果你还活着，我一定会去拥抱你……尽管如此，我并没有感觉到你已经离开人世，因为每一次读你的诗歌，都感觉到了你的灵魂漫游于诗歌中的每一座人类的地域之上，在人类所创造的诗歌无穷尽的绵延和存在中，我们早已一次又一次地拥抱过了。

阅读以纵横于我生命的过程陪伴着我，如同我在那一年发现了英国小说家伊恩·麦克尤恩的长篇《赎罪》。我是在读小说以后又看了电影，银幕上的演员、背景，故事的改编忠实地体现出了小说的内容。那是一个盛夏的正午我在昆明建设路的电影院里看了《赎罪》，建设路电影院离我住的地方就几分钟，那些时光，我经常一个人在正午时光中去看电影，因为正午的电影院看电影的人很少，有时候，就几个人。《赎罪》从银幕上跃出时，我开始追寻原著的脉络纹迹，这是一部有战争背景的长篇，麦克尤恩的原著让电影充分地揭示出了人性最脆弱的记忆，电影中的战争场面拍摄得非常惊叹人心。从电影一开始，我就在流泪，泪水顺着面颊悄然流动，演员的表演非常精准，这是在那些年中我看过的最好的电影之一。走出电影院时，天空正下着雨，有些人撑着伞在行走，有些人淋着细雨在行走……

这两个人世的常态使世界充满了生命的气息。《赎罪》的电影给予我的悲伤使我在细雨中走了很长时间，我走到了昆明最古老的一条铁路上，这条铁路称之为滇越铁路，已经有百年历史。我淋着细雨沿着这条铁路走了很久，凉爽的细雨洗干净了我面颊上的泪痕，我知道，自此以后，我将去阅读麦克尤恩的全部作品。毋庸置疑，在那一段时光，我又遇上了一位征服我的作家。而今天是一场仪式，是我的灵魂与麦克尤恩机遇的序幕。

阅读，让我们拥有了与书相伴的好时光，对于我来说，书籍，从开始到现在已经穿越了我大半辈子的时光，写作或读书，一种生活方式，就像盐或蔬菜的相互切入。许多东西都在面对全球科技化时逐渐离我们而去，包括我们的记忆历经的往事也同样会越来越模糊，这是我们无法改变的现状。

书房中的书以我们的存在而在此刻存在着，而明天的明天它们是否会依然存在？

关于纸质书与现代科技所发生的冲突，必然给我们带来巨大的忧虑。但我深信，哪怕人类终有那么一天迁往了另一个星球，书籍，这古老的灵魂，仍然会跟随着人类迁往另一个年轻的，适合人类安居的星球。

读书是一件异常快乐的事情，尤其是在闲暇之中的读书，会让你忘却全世界的喧哗与躁动。每次读书都要洗干净手，沏上一壶热茶。读书与写作，占据了日常生活中的大部分时光。就光年而言，我们驻留人世的时间太短暂，所以，我们以个人与世界光影的亲密接触，消磨着人世间上苍赐予我们的光阴。

关于写作，我最近做出了一个重要的决定，在纸上用手写作诗歌和长篇，其中，每一页都有我手绘下的钢笔画，这个决定又让我回到了多年以前，在稿纸和笔记本上写作的时光。我这样做只是为了在写作中更能触及到快乐，就像鸟儿们用嘴衔来一根根细小的草叶儿，亲自筑巢的过程；就像农夫将种子撒向土地的快乐。我们身前身后的世界，正在以高铁般的疾驰改变我们的观念和未来。因而，我开始了手工写作绘图……一切都是古老的渊源。我们离不开这个生命体系中来自渊源的神话，所以，我将更加自由独立的生活写作，面对自由或独立。我知道，就是去探索宇宙更深邃的一个核心，在里边，这个核心将被灵魂所管理，我们来到了灵魂的国度和星际，未知的言语在召唤我们。